文芸社セレクション

森鷗外小倉左遷の〝謎〟

石井 郁男

ISHII Ikuo

文芸社

目次

森鷗外小倉左遷の〝謎〟

〈序章〉荒れた中学校へ左遷だったのか？

(1) 突然、「ドカーン！」と爆発音

22歳から教師となった私は、毎日を平穏無事に過ごしていた。住まいは現在の北九州市戸畑区であった。当時、八幡製鉄所・旭硝子・日本水産などの社宅に囲まれ、生徒たちも素直で穏やかであった。

１９７２（昭和47）年４月１日付けの人事異動で、私は北九州市内でも有名な荒れた中学校へ転勤となった。

「吾十有五にして学に志し、三十にして立ち、四十にして不惑。五十にして天命を知る。六十にして耳順《みみしたがう》。七十にして心の欲する所に従いて矩《のり》を越えず」（『論語』、孔子の言葉）

孔子は「40歳は不惑」と言うが、私の40歳は「不惑どころでなく〝多惑〟の日々」となった。

4月初めの始業式、教師と生徒の全員が講堂に集まった。

新任の校長が壇上から話を始めたが、生徒たちはお喋りで、私語が絶えない。生徒たちの列は、くねくねと曲がり、まるで蛇の姿である。

列の後ろから紙の弾丸が、幾つも飛ばされていた。

教師になって既に20年の私だが、このような始業式は初めてであった。

3年5組の担任、私の授業開始である。

朝の連絡で3階の担任クラス、教室のドアを開けると、座席が空っぽで生徒が一人もいない。教室の横のベランダにいる。私は試されていた。

「ベルが鳴ったぞ。皆、教室に入れっ！」

生徒たちがゾロゾロと教室に入って、座席に着いた。

「昔、大雪の日、竹細工の名人が裏の竹藪の竹を一本ずつ叩き始めた。ドサッ！　と雪の塊が落ちた。曲がっていた竹が、ピーンと背を伸ばした。叩いたから、竹は折れなかったのだ。親や先生たちが、君たちを叱るのも同じだよ」
私の話を、クラスの生徒たちは静かに聞いていた。
初対面の日から、私は毎朝このような話を、手を変え品を変え繰り返した。
クラスの生徒たちは落ち着き始めた。
数日後、クラスで朝の連絡をしていた時、突然「ドカーン！」と爆発の音が響いた。
生徒たちが全員、廊下に飛び出し、私も50メートル先の現場へ走った。
男子トイレの前に、一人の生徒が立っていた。
「どうしたの？」と尋ねると、1組担任の塩田先生が事情を説明してくれた。
「この子が、男子用便器に花火を詰め込んで実験したのだ」
便器は見事に爆破されていた。壊れた便器に、燃え残りの花火があった。
塩田先生が、私に小声で囁いた。
「子供は神様ではない。悪魔だよ！」
性善説の私の教育観が、ぐらついてきた。

隣の中学校の生徒たちとの喧嘩もある。毎日、何か事件が起きていた。

母親から、学校に電話が掛かってくる。

「昨夜から、娘が帰って来ません！」涙声で連絡である。

私たち3学年担当の教師7名全員揃って学校に待機し、警察や保護者との連絡で懸命であった。この荒れた中学校に私は7年間勤務した。

赴任して1年後、郊外学習で近くの森林公園へ向かっていた。その時である。

「オヤジを返せ！」と怒鳴りながら、1年生の男の子が街角の警官派出所へ石を投げていた。2度、3度と石を投げ続けた。

「どうしたの？」

生徒指導担当教師に尋ねた。

「あの子の父親が、警察に捕まって、今、佐世保の刑務所にいるのだ」

教師になって20年、「荒れた中学校勤務」は、はじめてであった。

すべて実話である。

(2) 性悪説の本を3冊読んだ

私の趣味は「本屋巡り」である。買い集めた本が多数ある。

自宅の書棚から、性悪説に関わりそうな本を探した。

マキャベリの『君主論』、ヒトラーの『我が闘争』、クラウゼヴィッツの『戦争論』、この3冊を選び出した。いずれも古書店で買った文庫本である。

連続的に読んだが、それぞれ勉強になることがあった。

マキャベリ（1469～1527）『君主論』（岩波文庫）に、「君主は野獣と人間とを巧みに使い分ける。ライオンの強さと、キツネのずるさが必要だ」と書かれていた。

生徒の指導も厳しさと優しさの両方が必要なのだと教えられた。

衝撃を受けたのは、ヒトラー（1889～1945）『我が闘争』（角川文庫）である。

「嘘も100回吐けば、本当になる」と書いていた。

この暴論で、ゲルマン民族最優秀説を説き、世界を悲劇のどん底に突き落とし、アウシュビッツの虐殺を強行したのである。

私は教師になって長年の間、「何が本当で、何が嘘なのか」など、深く考えたことは無かった。

「嘘と真実を見分けること」、これが大切だと痛感した。


クラウゼヴィッツ（1786～1831）『戦争論』（岩波文庫）は、少し性質が異なっていた。

「戦争は常に政治的状態から発生し、政治的動因によって惹起される。だから戦争は政治的行為である」、この文章が要点であった。

巻末に、次のような解説があった。

1811年、ナポレオン軍に攻め込まれ降伏したプロイセンを離れ、クラウゼヴィッツはロシア軍の参謀となった。

「敵が強い時は退却する。そうすればナポレオン軍は疲れてくる。そこで反撃すれば勝てる」と助言した。

ナポレオン軍が砲兵隊で攻撃してくると、ロシア軍は東へ退却し、首都モスクワの町は焼き払われた。食料も無かった。やがて冬の大雪となり、ロシア軍の反撃が開始され、空腹のナポレオン軍は逃げるしかなかった。

ナポレオン軍敗北後、クラウゼヴィッツはドイツ軍の参謀将校に復帰した。

１８１８年、ベルリン士官学校学長となり、その12年間、ヨーロッパの戦争史を研究し、理論的にまとめた。

１８３１年、ヨーロッパに蔓延したコレラによって、クラウゼヴィッツは命を奪われた。残された原稿を妻のマリーが整理して、『戦争論』を出版した。

『戦争論』は面白く読めたが、歴史研究の基本文献だと思った。友人たちに勧めたが、「難しくて読めない」と言われた。

(3)『春宵十話』で、心の整理が付いた

教育の現場で、性善説と性悪説をどのように考えれば良いのか。私の頭の中は、すっかり混乱していた。

「良い本があったら、教えて下さい」と、同僚の教師たちに頼んでいた。

ある日のこと、「この本、面白かったですよ」と、若い教師が一冊の本を勧めてくれた。岡潔著『春宵十話』（毎日新聞社版）だった。

岡潔（1901〜1978）博士は世界でもトップクラスの有名な数学者で、数学のノーベル賞にあたる〈フィールズ賞〉の受賞者であった。

『春宵十話』は数学の話でなく、すべて人間のこと、社会の話だった。

第一話「人の情緒と教育」の文章が、目に焼き付いた。

「人は動物だが、単なる動物ではなく、渋柿の台木に甘柿の芽をついだようなもの、つまり動物性の台木に人間性の芽をつぎ木したものと言える」

岡博士の文章は、明快であった。

私の頭の中の性善説・性悪説という二つの人生観が、一つにまとまった。

「動物性の台木に人間性の芽をつぎ木する。教育は未成熟の生徒たちの成長を援助することだ」と納得することができた。

3年担当の学年会で、『春宵十話』の言葉を紹介した。

荒れた学校の現状を、何とかしたいと思っていた。教師と保護者が、同じ考えで子供たちに接しなければならない。

何か事があると、保護者は「先生が悪い」、教師は「親が悪い」と、お互いに悪口の投げ合いをする。これは最悪である。

保護者会で、岡潔博士の名言を分かり易く説明することにした。

「学校では〈お父さん・お母さんが頑張っている。感謝しなさい〉と教えます。家庭でも〈先生たちの言うことを、良く聞きなさい〉と言って下さい。学校で〈君たちの親は何だ！〉とか、家庭で〈お前たちの先生は出鱈目だ！〉と言えば、子供たちは教師も、親も信じなくなります。表と裏、学校と家庭の両方から、子供たちの成長を見守っていきましょう」

父母会の度に、繰り返し訴え続けた。数年後、学校は見違えるように落ち着いてきた。

岡潔博士の名言のお蔭だと、心から感謝している。

(4)『中原嘉左右日記』に驚く

1980年夏、小倉の社会科教師20名ほどで、研究会を開いた。講師は郷土史研究家米津三郎《よねづさぶろう》（1922〜1994）である。

その日の講話で一番強く記憶しているのは、「五箇条の誓文の話」だった。幕末「五箇条の御誓文」が発せられた。その事実が、小倉藩の豪商中原嘉左右《なかはらかぞう》の『日記』に記録されていた。

1868（慶應4）年3月14日、鳥羽伏見の緒戦で勝利を得た討幕軍が、江戸城の総攻撃を予定した前日のことである。

この日に、木戸孝允（1833〜1877）が起草した「国威宣揚の宸翰《しんかん》」が、西日本の各藩に発せられた。倒幕東征開始の号令であった。天皇親征によって、万国対峙の中で、万民を安撫し、国威を四方に宣布する声明であった。

この宸翰と同時に「五箇条の誓文」も発せられ、小倉藩にも「御町方御役所より、左の通り御触出に相成候事」として通達された。そのことが『中原嘉左右日記』に詳しく書き留められていた。

「朕幼弱を以て俄かに大統を継ぎ、爾来《じらい》何を以って万国に対立し列祖に事へ奉らんやと、朝夕考えている…（以下略）」

明治天皇15歳の言葉を、木戸孝允が代理して起草し、全国に発した言葉である。この『中原嘉左右日記』記録は、日本史学会でも高く評価された、米津三郎さんの新発見であった。

明治5年頃、木戸孝允自身は、自分の発した「五箇条の御誓文」のことは忘れていたと言われている。明治維新の舞台裏に、このような事実があった。


米津三郎さんは小倉の豪商中原嘉左右の『日記』を数十年間にわたって研究し、昭和53（1978）年に西日本文化賞を受賞された方である。

私がこれまで教えてきた中学校の歴史教科書には、大筋しか書かれていない。

このような事実、さらには「裏話」が、それぞれの時代を知るためには大切なことだと教えられた。

〈第一章〉無知の私が動き出した

(1)「鷗外を語れ！」

1981（昭和56）年4月5日、49歳の私は小倉で一番の繁華街魚町のカネヤスビルに向かった。

当時、このビルの4階に、米津三郎さんが常務理事をされている九州酸素協会の事務所があった。

米津さんは、九州各県の〝酸素ボンベ会社〟の事務局長で、〈毎月1回、打ち合わせで東京〉という激務をこなされていた。

この日は、米津先生の「郷土史講話」へのお礼の訪問である。

女性事務員の案内で、応接間に通された。

やがて出て来られた事務局長の米津さんに、頭を下げ挨拶した。

「先日、先生の〈五箇条の御誓文の話〉はとても面白かったし、お蔭で、明治維新当時の小倉のことが良く分かりました。有難うございました」

米津さんは、いつもどおりの優しい笑顔で対されていた。

「わざわざ、お礼はいらないよ。ところで、君は最近、どんなことを勉強していますか？」

笑みを浮かべながら、米津さんから問われた。

「『夜明け前』の演劇を観て、島崎藤村は凄い作家だなと思いました」

すると、突然に提案された。

「丁度よかった。島崎藤村も良いが、森鷗外はどうだね。〈鷗外を偲ぶ会〉で君に鷗外を発表して貰おう。どうだね？」

「えっ！　森鷗外ですか。中学生の頃、読んだと思いますが、何も記憶に残っていませんよ」

「君なら大丈夫だ。頼む」

中学校教師、当時49歳の私は、森鷗外について文字通り〈無知〉だった。

森鷗外（１８６２～１９２２）は夏目漱石（１８６７～１９１６）と並ぶ、明治文学の二大文豪である。それくらいは知っていた。

『吾輩は猫である』『坊っちゃん』など大好きだった。

黒猫が苦沙弥先生をバカにする話、学校の2階から飛び降りて腰を抜かした坊っちゃんの話などが面白かった。

漱石は何冊も読んでいたが、森鷗外の作品は頭の中に何もなかった。

しかし、一年間勉強すれば、何とか話せるだろうと思った。

森鷗外を勉強する絶好のチャンスだと思って、喜んでいた。

「では、やらせて頂きましょう。ところで発表するのは何時ですか？」

「6月19日だ」

「えっ！　今日は4月5日、2か月後の6月19日ではムリです。森鷗外は大作家です。勉強したいので、発表の時期を先に延ばして貰えませんか？」

米津さんの顔をうかがった。

「ダメだ！　鷗外が小倉に来た記念日だ。6月19日は変更できない！　毎年、誰かが交替で話すことにしている」

米津三郎さんの顔は、厳しくなった。

森鷗外について〈無知な私〉を講師に依頼するなど、本来、考えられないことである。

「この場で、簡単に決めて良いのですか?」

私はうじうじと、もう一度お尋ねした。

「今、決めます！　君なら出来る。是非、やってくれ。どうだね」

米津さんは断言された。その言葉には、絶対の響きがあった。


小学校2年生の時、私は大切な体験をしている。

和裁の針を動かしている母に、チビの私は甘えて、宿題の手助けを頼んだ。

「お母さんは泣きながらでも、自分でやりましたよ。〈為せば成る〉です」と断言された。

「自分でヤルしかない」と思って座り直した。すると難しいと思っていた宿題は易しい問題に変身したではないか。宿題は簡単だった。私は友達の家に向かって、飛び出した。以後、〈為せば成る〉が私のモットーとなっている。

米津さんの「6月19日に、鷗外を語れ！」は、容易なことではないと思ったが、私は引き受けることにした。

〈啐啄《そったく》の機〉、米津さんから「君なら出来る」と言われ、「やりましょう」と私が応じた。

私は意を決した。やる以上は、いい加減なことは出来ない。もう、前に進むしかなくなった。

私の武器は、〈為せば成る〉の精神だけだった。


この日から、鷗外について〈無知の私〉の勉強開始である。

ゼロからの出発であるが、ヤル気はあった。

「迷い」に言偏《ごんべん》を付ければ「謎」の字になる。「迷い」を「謎」に変え、さらに《謎解き物語》にしたい。

「謎の塊」にも、縺れた糸玉をほどく糸口がある。まず、糸口の発見である。

(2) 30歳は〈志学〉の真っ最中

孔子は〈十五歳「志学」、三十歳「自立」、四十歳「不惑」、五十歳「知命」、六十歳「耳順」、七十歳「従心」〉だが、私の30歳はまだ〈志学〉の真っ最中で、

「自立」出来てなかった。

30歳の私は、九州工業大学の日本史教授平野邦雄（１９２３～２０１４）に多くのことを教えて頂いている。

当時、私の住まいは北九州市戸畑区で、九州工業大学の近くだった。社会科教師数人が集まり、時々、平野教授の教官室で勉強していた。

平野邦雄教授から教わった〈歴史の裏話〉が、記憶に残っている。『ベルツの日記』に、〝君主は傀儡《かいらい》だ。その傀儡を後ろから操るのだ〟と身振りよろしく伊藤博文が踊ってみせたなど、面白い話が山ほどある」という説明だった。

トク・ベルツ編『ベルツの日記（上）』（岩波文庫）の２０４頁に出ている。「皇太子に生まれるのは、全き不運なことだ。生まれるが早いか、至るところで礼式の鎖にしばられ、大きくなれば、側近者の吹く笛に踊らされねばならない。伊藤は、踊り人形を糸で踊らせるような身振りをしてみせた」（『ベルツの日記（上）』１９００（明治33）年5月9日）

その４年後が、日露戦争の宣戦布告である。

エルウィン・ベルツ博士の妻は日本人のハナである。その息子トク・ベルツが、父の死後、編集し出版したということであった。

この日以来、トク・ベルツ編『ベルツの日記（上・下）』（岩波文庫、1979年）は、私の愛読書となっている。

また別の日、平野邦雄教授が本居宣長『初山踏《うひやまふみ》』の文庫本を手に持って語られた。

「東京大学の歴史学で、私が最初に学んだテキストでした」

「えっ！　その薄い本が教科書だったのですか！」

この話を聞いて、私はすっかり驚いた。

本居宣長『初山踏』（岩波文庫）は、文庫本で僅か50頁の字数である。

その要点は、次の二点だった。

①「詮ずるところ学問は、ただ年月長く倦まずおこたらずして、はげみつとむるぞ肝要にて学びやうはいかようにてもよかるべく、さのみかかはるまじきこと也」

②「すべて学問は、はじめよりその心ざしを高く大きに立て、その奥を究めつくさずはやまじとかたく思ひまうくべし。此志よわくては、学問すすみがたく、倦怠《うみおこた》るもの也」

平野邦雄教授に教えられて、本居宣長『初山踏』の精神が、30歳以後の私への指針となっている。

米津さんに「鷗外を語れ！」と依頼された私は、どこから手を付けていけば良いのか、全く分からなかった。まだ謎解きの糸口が見つかっていなかった。しかし、その当時、本居宣長『初山踏』の「やり方はどうでも良い。志を高く掲げてやり続けよ」が、私の指針となっていた。

(3) 書店へ走った

発表の6月19日まで、あと2か月しかない。

「森鷗外と夏目漱石の二人が近代日本文学を代表する大作家である」、これだけは分かっていた。

〈材料7分に、腕3分〉という料理人の名言がある。私に出来るのは、先ず良い材料を集めることである。

「鷗外を語れ！」と依頼され事務所を出た直後、私はすぐ近くの金栄堂書店に走った。

書店に入って先ず、目の前の広く大きな〈雑誌棚〉を探した。

分厚い雑誌『文芸読本　森鷗外』（河出書房新社、昭和55年刊）であった。〈森鷗外〉というタイトルが目に飛び込んで来た。

「定価は僅か780円、〈無知の私〉へのまさしく天からの贈り物だ」と思って、レジに向かった。

レジにいた柴田店長から、大事なことを教えられた。

「〈森鷗外〉の勉強ですか？　2階の専門書のところに、昨日届いたばかりの新しい『鷗外選集』がありますよ」

店長さんに教えられ、私は階段を上がった。なるほど、そこには各種の専門書が、ぎっしり並んでいた。

中央の書棚に『鷗外選集』が約20冊、ズラリと並んでいた。

全部を買う余裕はない。一番新しい、出版されたばかりの『鷗外選集』第21巻（岩波書店、昭和55年7月第1刷）の1冊を９８０円で購入した。

この第21巻の内容は、『独逸日記』『小倉日記』であった。

「あっ、これは凄い！　日記が二つもある。米津三郎さんも『中原嘉左右日記』を勉強されて明治維新を研究された。森鷗外を調べるのに、この二つの日記が最大の武器になるだろう！」と、喜びで胸がいっぱいになった。


１９８１（昭和56）年当時、49歳の私は《森鷗外について無知》だった。

家に帰って、購入したばかりの『文芸読本　森鷗外』と『鷗外選集』第21巻（岩波書店）、二つの文献の発行日を調べてみた。

どちらも昭和55年刊行、つまり１９８０年であった。

まさに偶然であるが、この〈巻末の発行日〉を見て、私は驚いた。

「昨年発刊したばかりだ。今年、１９８１年の君の仕事だ。鷗外を勉強せよ！」

二つの文献が、私に〈命令〉していると思った。

しかし、それは〈天祐〉であると同時に、〈天命〉であった。

「天の神様が、〈鷗外無知の私〉が研究できるように援けて下さった」

私は、そのように直感した。

米津三郎さんの「鷗外を語れ！」を真剣に受け止め、やりぬく覚悟を固めた。

二つの文献の購入は偶然だが、この偶然を必然に転換しなければならない。

何故、鷗外が『戦争論』翻訳なのか？　森鷗外の全体を調べることは、無理である。テーマは、狭く一点に絞らねばならない。

５Ｗ１Ｈで「何時、何処で、誰が、何を、どうしたのか？　それは何故か？」

日清戦争後、小倉で鷗外が『戦争論』を翻訳、それは何故なのか？

これで、テーマは決まった。

次は、「どのようにして調べるか？」である。

森鷗外・夏目漱石は日本近代文学の最高峰である。

しかし、医学者・文学者である鷗外と『戦争論』とが結びつかない。『戦争論』は軍事指導者の仕事である。何か、特別の事情があったに違いない。特別の事情とは、どういう事情なのだろうか？

〈①森鷗外、②日本陸軍〉、この二つの事実について、私はほとんど何も知らなかった。

文字通り〈無知の私〉は、これから様々なことを勉強し、調べて、少しでも多くの事実・実情を知らねばならない。

九州大学の入学式の日、学長から訓示があった。

「君たちは学問をするために大学生になったのだ。英語だけでは学問は出来ない。ドイツ語やフランス語も学べ！」

学長の言葉に従うことにした。

大学一年生18歳の私は、第一外語フランス語、第二外語ドイツ語、第三外語英語で押し通した。

大学教養課程の2年間（18〜19歳）、私は語学勉強に集中していた。

20歳の時には、フランス語・ドイツ語を読めるようになっていた。

しかし、せっかく勉強していたフランス語・ドイツ語も、大学卒業後、お蔵入りで完全にサビ付いていた。

全く使ってなかったが、手元に辞書だけは残っていた。

「ヤル気さえあれば、何でも出来る」、これが若い頃から私の信念であった。


先ず、手始めは森鷗外とはどういう人物だったのか。その誕生のあたりから調べることにした。

先ほど購入した『文芸読本　森鷗外』の巻末に山崎一穎《やまさきかずひで》作成の「森鷗外年譜」があった。

「森鷗外年譜」のお蔭で、森鷗外について全く〈無知〉だった私が、〈半知〉になり始めた。

初めて知ること、驚くことが、次々と出てきた。

1862（文久2）年、島根県津和野町、藩主亀井家典医の森家に生まれ、林太郎と名付けられた。

私は、中学校の授業で黒板に「森林太郎」と書いたことがあった。

生徒が質問した。「その森林・太郎というのはどんな人ですか?」

「いや、森林・太郎と読むのでなく、森・林太郎と読むのです。夏目漱石と並び称される有名な小説家です」

私の説明で、クラスは大笑いになって、楽しい授業になった。

しかし、49歳になって「鷗外を語れ!」と命じられた私には、笑い話どころではなかった。これから6月19日までの2か月間は、真剣勝負である。

(4)《謎解き物語》が始まった

しかし《最大の謎》「何故、軍医鷗外が『戦争論』を翻訳したのか?」その理由は分からなかった。

『戦争論』は、専門外で筋違いである。軍医・作家の鷗外は、軍隊の指揮官ではない。

これからが、本格的な《謎解き物語》の開始である。

明治時代の陸軍史を勉強しなければならない。戊辰戦争、西南戦争、日清戦争、日露戦争という戦争の名前だけしか知らない。

〈明治陸軍史に無知の私〉である。具体的なことは、何も知らない。

ゼロからの出発である。ここで私は〈無知の知、ソクラテス〉になった。

ソクラテスは「知らない、それは何か？」と、5回以上問い続けた古代ギリシアの大哲学者である。


1945（昭和20）年8月15日、日本が戦争に負け、時代が大きく変わった。

戦時中の教科書は墨で黒く塗りつぶされた。

終戦の時、私は中学一年生だった。学校の教科書の中の「ススメススメ兵隊さんススメ」など、全て塗りつぶすように命じられた。

戦争に関することは一切、タブーであり、平和主義一色の学校現場となった。

〈日清戦争と日露戦争〉は、教科書に名前が出ているだけだった。

中学生、高校生の時の教科書は、平和一色だった。

22歳、教師となった私も、平和と民主主義の旗手であった。友人たちも同じだった。学校では、一つ一つの戦争を詳しく教えることはなかった。

恥ずかしい話だが、私は教科書を読むだけの〈ダメ教師〉だった。

戦争の原因、戦争の様子など、生徒から質問されたことは、全く無かった。

江戸時代や、幕末、明治維新の辺りまでは、いくらか丁寧に教えていたが、日清戦争から後は、教科書を読むだけの駆け足授業だった。

森鷗外の小倉時代は明治維新以後であり、私には〈未知の世界〉だったが、当時は日露戦争開戦の前夜である。

〈鷗外に小倉で「戦争論」翻訳させるための〝日本陸軍人事〟だったのではないだろうか？〉この予感だけは抱けた。

しかし、これは〈巨大な岩山〉である。どうすれば崩せるのか、これからが大変である。

40歳の頃、荒れた学校に赴任した時、私はすでに『戦争論』を読んでいた。

もう一度、私の本棚から篠田英雄訳『戦争論』（岩波文庫、昭和43年）を取り出した。

〝早とちり〟の私である。本文だけを一気に読んで、巻末の〈訳者あとがき〉を読み落としていた。

〈訳者あとがき〉を読んでみた。そこに重要な事実が記されていた。

鷗外『独逸日記』1888（明治21）年1月18日、「夜、早川来る。余為めにクラウゼヰッツの兵書を講ず。クラウゼヰッツは兵事哲学者とも謂ふべき人なり。著書文旨深邃《しんすい》、独逸留学の日本将校能く之を解すること莫し。是より早川の為に講筵《こうえん》を開くこと毎週二回」

これは、まさしく衝撃だった。

クラウゼヴィッツ著『戦争論』を日本人で最初に翻訳したのは、ドイツ留学時代の鷗外であった。

鷗外が小倉に来た1899年6月19日の10年ほど前、ドイツ留学時代に事は始まっていた。

文学大好き人間の鷗外が、『戦争論』を読むようになったのは、独逸留学の日本将校早川に依頼されたからであった。

〈ドイツ留学の日本将校、早川の為に毎週二回〉、これが〝小倉での鷗外翻訳〟の〈前史〉であった。

これを読んで、鷗外が小倉時代（1899年〜1902年）に、『戦争論』

を翻訳した理由が分かり始めた。鷗外小倉時代の『戦争論』翻訳は、その10年後の〈本史〉である。

〈訳者あとがき〉には、「早川は後の田村怡与造である」という説明もあった。「早川＝田村怡与造はどんな人物なのか？　調べねばならない」と思った。「偶然でなく、必然なのではないか？　〈本史〉は田村怡与造の依頼なのか？」一頭の中に何かが煌めき始めた。

数年前、小倉の井筒屋百貨店で開催された「森鷗外展覧会」でも、また『文芸読本森鷗外』その他、さらに数冊の『森鷗外伝』でも、すべて「鷗外は軍医部内の争いに敗れて、田舎町の小倉に左遷された」などと書かれていた。

私は完全に迷っていた。

鷗外が小倉に来たのは、日清戦争後、日露戦争前夜である。

天下国家重大事の時代、その時の〈鷗外小倉人事〉である。

〝左遷人事〟でなく、〝陸軍人事〟だったのではないのか？

しかしこれは、まだ単なる推察〈仮説〉であり、まだ闇の中である。

2か月後の6月19日に「小倉郷土会」で発表するには、この疑問を解かねばならない。

とりわけ明治陸軍史の勉強が必要であった。

クラウゼヴィッツ『戦争論』のドイツ語原文は見たことがない。これは是非、原書で見たいものだと思った。

準備期間は2か月しかない。このテーマを、どのようにして見極めるのか？

どのようにして調べるのか？

鷗外が翻訳したドイツ語の原書が欲しくなった。

米津三郎さんに「鷗外を語れ！」と依頼され、書店で2冊買った。

この2冊だけでは、謎解きの材料が足りない。

「もっと資料が欲しい」と思った私は、自宅に帰って、早速、九州工業大学のドイツ語講師宮島豊さんに電話を掛けた。

「鷗外が小倉に来て、クラウゼヴィッツの『戦争論』を翻訳している。そのドイツ語の原書はどこかにあると思いますが、お願い出来ないでしょうか？　実は、小倉の郷土会で話すように頼まれて、困っているのです」

宮島豊さんは、九州大学の学生時代の後輩である。厚かましくも、頼むことにした。

「探してみましょう」という返事を頂いた。

それから一週間後、宮島さんから電話が掛かってきた。

「九州大学の図書館にありましたよ！」

「えっ！　ありましたか。よく見つかりましたね！」

私の住まい戸畑区土取町は、宮島さんの九州工業大学官舎から徒歩10分の距離である。

間もなく、宮島さんが満面笑顔で、私の自宅に来られた。

「鷗外が小倉で翻訳したのは、この本ですよ！」

タイトルはKarl von Clausewitz,“Vom Kriege”と、ドイツ語で記されていた。

大学生の時にドイツ語を習っていた。辞書を引かなくても、単語の読み方は分かる。“Vom Kriege”（fom　kri:ge＝フォム　クリーゲ）、この本がクラウゼヴィッツの『戦争論』の原書だった。

「有難う。この“Vom Kriege”を、鷗外が小倉で翻訳したのですね！」

宮島さんに、心から大感謝である。

全文を丁寧に読む時間はないが、大事な箇所だけは読むことが出来る。

こうして"Vom Kriege"の実物を手に握り、やる気が、モクモクと沸き上がってきた。これが、現物の力である。

〈第二章〉「毎週日曜日は図書館だ！」

(1) 図書館が私の学校である

1981年4月12日（日曜日）午前9時に、北九州市立中央図書館に向かった。

開館時間は午前9時半だった。早とちりの私は、30分待たされた。

鷗外について、ほとんど〈無知の私〉である。「毎週、日曜日午前9時半は、図書館に通うしかない」と思っていた。

先ず、北九州市立中央図書館長小林安司（1910〜2002）さんに、初対面の挨拶である。

「米津さんから〈鷗外を偲ぶ会〉で発表しなさいと命じられた石井郁男です。宜しくお願い致します」

「米津三郎さんから聞いていました。次回の講師は君なんだね。ところで、テーマは何ですか？」

小林館長は、笑顔であった。

当日、小林館長が言われた幾つかのことが、私の日記メモに残っている。

「鷗外記念会に入会しませんか。年間会費は５０００円くらいで、今、小倉で５人くらい入会している。毎年４回『会報』も出している。それに発表内容を掲載すると良いですよ。ここの図書館には『鷗外全集』が揃っています。東京の鷗外記念会が毎年出している雑誌『鷗外』もあります。おおいに利用されて下さい」

さっそく、小林館長に教えられた『鷗外全集』を調べてみることにした。

『鷗外全集』は、全部で38巻あった。

小説、随筆が膨大な数であった。それにドイツ語で書いた論文も沢山あった。

この『鷗外全集』を調べるのは大変なことである。

取りあえず、鷗外が小倉に来る直前の１８９８年から、調べることにした。

〈森鷗外年表〉には、「明治31年（１８９８年）36歳の鷗外が西周《にしあまね》の養子、西紳六郎から『西周伝』をまとめることを依頼された」とある。『鷗外全集』（第3巻）の24～136頁に『西周伝』が出ていた。

その内容を読んでみた。

西周（1829～1897）は、明治初年の啓蒙学者中の第一人者であった。彼は「主観・客観、感性・理性、分解・総合」など、哲学、論理学、倫理学の用語の確定者であった。

軍制の基礎、軍事用語の確立も西周の力が決定的であった。8～9名のスタッフをまとめ、7年がかりで作成した『五国対照兵語字書並図式』（1881年2月）が、それである。

1898年、鷗外の『西周伝』下書き原稿が、山県有朋（1838～1922）に送られていた。

鷗外は西周の「日記」など全ての資料を調べ上げ、『西周伝』の下書きが完成したので、その下書きを西紳六郎に送った。

「西紳六郎書を寄せて曰く。山県侯西周伝未定稿を読みて補正する所あり、又詔草の世に公にすべからざるを告ぐと」（鷗外『明治三十一年日記』1898

年2月23日)

その下書き原稿が山県有朋の検閲を受け、削除命令となったのである。

その手続きは、西周の養子、西紳六郎がすべて行っている。

〈詔草〉とは、1882年に発布された『陸海軍人に賜りたる勅諭』のことである。

「西周が起草したなど、公にするな」と、鷗外の不用意を山県有朋から指摘されたのである。

〈天皇のお言葉であると信じている兵士たちが、西周の文章であったなど本当のことを教えれば、『陸海軍人に賜りたる勅諭』の有難味が無くなるではないか〉と、鷗外は山県に厳しく叱責されたのである。

鷗外は、この時、政治の怖さ、軍の最高の実力者山県有朋の元老たる所以を知ったと思われる。

「有朋周《あまね》を訪ひてこれを労ふ。当時有朋は内務大臣兼監軍たり。その屡々使を遣して周の病を訪ひ、今又自ら来りてこれを労する所以の者に抑々故あり。

…周蘭英仏諸国の書を引いて、献替する所あり。海陸軍刑法、陸軍官制職制、軍法会議等の如き、皆その草する所に依る。…周の陸軍省及び参謀本部に在るや、官制の改革、条例の創設等あるごとに、一も周の手を経ざるものなし、後有朋屢々人に語るに此事を以てすと言ふ」（『西周伝』1898年11月21日）

この一節を見ても、西周が山県のブレーンとして重要な役割を果たしてきたことが分かる。

鷗外の『西周伝』は認められ、近衛師団軍医部長に引き上げられている。この時、鷗外は「次は、軍医監、そして軍医総監だ」と思っていたかもしれない。すくなくとも、母峰子はそう信じていただろう。

そこへ突如、1899年6月8日、軍医監（陸軍少将格）への昇進とともに、小倉への転勤辞令を受け取った。

当時、第二次山県有朋内閣であり、山県の庇護の下に「昇進への道を歩みはじめた」と思っていた矢先のことである。

鷗外の小倉人事、時の権力者山県は何故止め得なかったのか。何か、特別の事情があったのではなかろうか。それを探りたい。

(2)『百科事典』を読む

小松左京の小説『日本沈没』（1973年）は、海底の地殻変動によって日本列島が水没し、日本民族が国を失うという設定の近未来パニック小説である。著者小松は「小説を書く時、百科事典を6～7種類参考にする。これで作品の材料の6割は満たされる」と言っている。

私もマネをして、『百科事典』を読むことにした。北九州市立中央図書館には、平凡社・小学館・学習研究社など数種類の『百科事典』があった。

先ず、〈森鷗外〉を調べることにした。

平凡社の『百科事典』には、次のように書かれていた。

「1899年に、鷗外はみずからの意志ではなく、命令によって九州小倉の第12師団軍医部長に転勤した。彼はこれを左遷また島流しと考え、いったんは軍職を辞そうとまで思ったが、賀古鶴所《かこつるど》らの忠告に従って職にとどまった。小倉で書いた《鷗外漁史とは誰ぞ》（福岡日日新聞）のなかで当時の心境を吐露している」（唐木順三）

他の『百科事典』も、すべて「鷗外小倉左遷説」であった。

鷗外自らも『小倉日記』（1899年6月18日）に、「朝7時24分大阪を発す。是日風日妍好《けんこう》、車海に沿ひて奔る。私《ひそか》に謂《い》ふ、師団軍医部長たるは、終に舞子駅長たることの優れたるに若かず」と書いている。

この文章は名文である。〈鷗外小倉左遷説〉の大きな根拠となっている。「左遷された」と、自らを嘆いて日記に書いたのである。

続いて、図書館にあった山崎国紀著『森鷗外』（講談社現代新書、1976年）を読んでみた。

「九州の田舎町には行きたくない。まるで菅原道真の大宰府左遷と同じだ。鷗外は小倉への配転人事を〈左遷だ！〉と言って、辞職を考えたほど大きなショックを受けた」と、書かれていた。

『大鏡』（平安後期の歴史物語）が、有名である。

菅原道真が明石駅長に与えた「駅長無驚時変改《へんがい》。一栄一落是春秋」を、鷗外は思い出して『小倉日記』の冒頭に書いたのである。

「私の小倉への人事は、軍医部内の昇任争いに敗れた左遷人事である。菅原道真の大宰府左遷人事と同じだ」という鷗外の感情が、〈小倉左遷説〉の出発点となっている。

右大臣の官位を奪われ、大宰府へ罪人として流された菅原道真とは、逆である。鷗外は「大佐格から少将格へ昇進」しているではないか。

この事実だけで、既に〈小倉左遷説〉の根拠は崩れている。


4月19日（日曜日）は、百科事典で〈クラウゼヴィッツ〉を読むことにした。

北九州市立中央図書館には、外国語の『百科事典』もあった。
① 英語のENCYCLOPEDIA AMERICANAがあった。
「米軍はクラウゼヴィッツを活用して日本に勝った」と書いていた。

クラウゼヴィッツの『戦争論』は、現在でも重要文献なのである。
② ドイツ語のBROCKHAUSという『百科事典』は、ほぼ空白だった。
クラウゼヴィッツの名前のみ、敗戦国ドイツは、世界に自国を誇ることが出来なかったのだろう。
③ フランス語のLAROUSSEという『百科事典』には、「フランスは普仏戦争で、ドイツに敗れた。クラウゼヴィッツの『戦争論』を活用した相手に敗

れた。早速、フランス語に翻訳した」と書いていた。
その訳書名は“La Theorie de la grande Guerre”（『大戦学理』）と、説明していた。

(3) 鷗外小倉は、参謀本部人事か？

私は4月26日（日曜日）に、北九州市立中央図書館の階下にある館長室を訪問した。

この日、小林館長さんに、私の予想、推測を伝えた。

「鷗外小倉は、参謀本部の人事ではないでしょうか？」

館長さんは、次のように言われていた。

「おそらく小池医務局長、石黒の人事だろう。参謀本部は、どれほど容喙できただろうか？　政治の高等戦術ということもあるが。しかし、軍関係からの迫り方はありえないでしょう」

私も、当時、まだ様々に迷っていた。

「鷗外が何故『戦争論』なのか？　考え始めたばかりです」

「君は何が大切だと、考えていますか?」

「私は、クラウゼヴィッツの『戦争論』は軍事哲学書だから、〈哲学〉が大事だと思っています」

「〈哲学〉は、賛成ですね。しっかり確かめて下さい」

小林安司館長は東京大学文学部の学生の頃、〈有名な哲学教授井上哲次郎〉の哲学授業を受けておられた。

(4) 机上に『陸軍の歴史』があった

「いま一つ、気が付いたことがあります。ドイツ留学時代の早川大尉、その後の参謀将校田村怡与造が、鷗外に小倉で『戦争論』を翻訳して貰いたかったのではないでしょうか?」と、付け加えた。

すると、小林館長さんは首を傾げられていた。

「それは? どうでしょうか?」

私はほぼ間違いなしと思っていたが、お尋ねしてみた。

この時、小林館長からは諾否の返事を頂けなかったが、笑顔で大切なことを色々と教えて下さった。

「鷗外の『小倉日記』を読むと、面白いことが沢山でてきますね。とりわけ大事なのは、鷗外が『福岡日日新聞』の記者に語った〝鷗外漁史とは誰ぞ〟、〝我をして九州の富人たらしめば〟、この二つが大事です。それと、鷗外の小倉時代を材料にした三部作、『鶏』『独身』『二人の友』、こうした小説の舞台裏が『小倉日記』を読むと良く分かりますよ」

「私はまだ読んでいませんが、その三部作は面白そうですね。教えて頂いて有難うございました。早速読んでみます」

私は松本清張（１９０９～１９９２）が、１９５３年に芥川賞を受賞した『或る「小倉日記」伝』を読んでいたので、そのことも質問した。

この日の小林館長との対話は、20分くらいだった。

その一週間後、館長室を再訪問すると、机上に『陸軍の歴史』という本が広げられていた。

「小林館長さんも、田村怡与造のことを調べられておられるのだ。明治陸軍史をしっかり勉強しないと、謎は解けないな」

この日、私は謎解きの決意を改めて固めた。

私の〈記録ノート〉に、「小林館長の机上に『陸軍の歴史』があった。面白い」というメモが残っていた。

その日の私の、偽らざる実感である。

「根拠、裏付けが必要。断定はまだ無理」のメモが、続いていた。

〈第三章〉 九州工業大学図書館に歴史資料？

(1)『大戦学理』が見つかった

5月3日（日曜日）に、再び館長室を訪問した。

北九州市立中央図書館の小林安司館長は、いつも優しく笑顔であった。

この日、小林安司館長から、重要なことを告げられた。

「先日、九州工業大学図書館で『大戦学理』が見つかりました。〈貴重な文献だから特別の棚に置くようにして下さい〉と頼んできました。あなたも実物を見て下さい」

これは大変重要な情報だった。

「九州工業大学は近いので、早速、行ってみます」

当時、材料不足で苦しんでいた私を、窮地から救い出す最高の助言であった。

大学は私の自宅から徒歩20分の距離である。

翌週の5月10日（日曜日）、私は九州工業大学図書館を訪問した。

小林館長から教えて頂いたと、来意を告げて見せて頂いた。

『大戦学理』は、二重に鍵が掛けられた重要文献の書棚に収められていた。書棚の中で『大戦学理』（軍事教育社発行、明治36年）の実物が、堂々たる姿で輝いていた。


大学図書館の司書の方に尋ねてみた。

「今、明治時代の歴史を勉強していますが、この図書館には何かないでしょうか？」

明治時代の陸軍のことなど、私にはまだほとんど分かっていなかった。

「工業大学だから文学や歴史関係の本はあまり無いと思いますが、3階に何かあるかもしれません」

3階に上がって驚いた。

膨大な文献が白い覆いの下に、埃にまみれて積み重なっているではないか。

「どのような本があるのだろう？」

私の胸は弾んでいた。片隅に埃をかぶった未整理の本の山があった。

この埃の下を探して驚いた。貴重な文献が発見されたのである。

(2) 埃の下に歴史文献が見つかった

陸軍史関係の文献が沢山あったが、二つだけ紹介する。
① 陸軍少将メッケル氏著『独逸基本戦術』（偕行社、明治31年）
② 馬込健之助訳『戦争論』（岩波文庫、昭和8年）
「日清戦争で日本軍はメッケル著『独逸基本戦術』で戦った」と言われている。

馬込健之助訳『戦争論』は岩波文庫の旧版で、篠田英雄訳『戦争論』（昭和43年）は、その新版だった。


先ずは、メッケル少佐である。

メッケル少佐『独逸基本戦術』は、私が一番欲しくて探していた文献だった。

メッケルは北九州市立中央図書館にも無かったし、古書店まで探しても見つからなかった貴重本である。

メッケル著『独逸基本戦術』が私の目に最初に触れたのは、九州工業大学図書館である。


九州工業大学の前身は、明治時代に創立された明治工業専門学校（地元では〝明専〟の略称で親しまれてきた）である。

「明治時代の学校図書館で、メッケルが見つかったとは！」

これは、大変な驚きだった。

メッケルの名前は、陸軍史のいろんな本に出ていた。

私も既に、『百科事典』（学習研究社）で〈メッケル少佐〉の項目だけは読んでいた。

「メッケル Klemens Wilhelm Jakob Meckel（１８４２~１９０６）ドイツの軍人で日本陸軍の指導者。プロシアの陸軍に入り、１８６２年陸軍少尉、陸軍大学校を出て、『未来の歩兵戦』『戦術学』『兵棋入門』『師兵術』などの著書を著わし、戦術家として知られた。１８８５（明治18）年少佐の時日本陸軍に招かれ、陸軍大学校御雇教師となった。創立期の陸軍大学校で、戦術教育にあたったほか、86年臨時陸軍制度審査委員会（委員長児玉源太郎）の諮問を受けて、軍制改革の立案に当たった。この間に日本陸軍のドイツ式への転換を推進し、参謀将校の養成に努めた。88年帰国ののち少将。陸軍大学校の門下生は日清、日露戦争で参謀の主力として活動した。また、陸軍の編成や戦術をドイツ流に変え、のちに至るまで陸軍内部に大きな影響をあたえた」（藤原彰）

九州工業大学図書館で見つかったのは、メッケル少佐『独逸基本戦術』（明治31年9月、偕行社版）であった。

上法正夫著『陸軍大学校』（芙蓉書房、1973年）に、メッケル少佐には多くの著書があり、中でも『独逸基本戦術』は名著だと記されていた。『陸軍大学校』に、メッケル少佐招聘の次第が説明されていた。

1884（明治17）年7月17日、大山陸軍卿はベルリンに到着すると直ちに青木周蔵公使を通じて、プロイセン政府に参謀将校の日本派遣を依頼した。

ビスマルク宰相は、大山陸軍卿の要請を快諾して、プロイセン陸軍の首脳部に指示を与えた。

参謀総長のモルトケは自分の直弟子であるメッケル少佐を選定した。

契約署名は12月13日に行われ、年俸は、5400円であった。


1882（明治15）年創設の日本陸軍大学校には、まだ教科書がなかった。

ドイツの参謀将校メッケル少佐が日本に来て、日本陸軍大学校は形を整えた。

当時、創設されたばかりの日本陸軍大学校の校長は、児玉源太郎だった。

メッケル少佐は、日本陸軍の参謀将校を熱心に指導した。

在任中の3年間、毎年、「参謀旅行」なるものを実施している。日本各地で実際の山野の中で作戦を立てさせ、現場で作戦の立て方を実地指導した。

この「参謀旅行」は、極めて有効で、間もなく開戦となった日清戦争で大きな効果を現したと言われている。

この参謀旅行で、天下分け目の関ヶ原合戦の現場を視察した時の話が面白い。

地形と東西両軍の配置を見て、メッケルは「石田三成の西軍が勝つ」と予想したそうだ。

実際には、徳川家康の東軍が勝利した。西軍の一部に裏切りがあったことが、歴史の現実だった。

メッケル『独逸基本戦術』は、騎兵・砲兵・歩兵・兵站部、それぞれの役割、組み合わせ、いわば将棋の駒の動かし方を説明した「入門書」であった。

モルトケの考案した戦略は、整備された鉄道、道路網、電気通信を使い、軍隊を定時に前線に集結させ、歩兵部隊の進撃が始まると、緊密な連携と共に砲兵隊は敵陣地に向けて砲弾を撃ち込み、工兵隊は敵背後の橋梁を爆破する。

有機的に整備された軍が、戦闘中にも連携を取りながら運動し、計画を遂行することで最終的に勝利を確保する方式を考案し、実行した。

モルトケの戦略は、「分散侵攻・集中包囲攻撃」方式であった。

戦争の現場を指揮した参謀総長がフォン・モルトケ将軍であった。モルトケの作戦指導の原則は、クラウゼヴィッツ『戦争論』の戦争哲学であった。

「クラウゼヴィッツの本は、プロイセン参謀部外ではほとんど知られなかった。深遠な戦争哲学を学んだプロイセン軍は勝ち、哲学抜きの戦争術のフランスは

完膚なきまで敗れたのだ」（渡部昇一著『ドイツ参謀本部』中公新書）

メッケルの重要な功績は、幾つもあると言われている。

① 日本陸軍の構成を、鎮台制から師団制に変えたことである。
鎮台は国内の治安維持の軍隊であったが、西南戦争で国内の統一は終了した。
師団は、対外戦争に備えた軍隊である。

② メッケルは、兵站部の重要性を教えた。
「河川を越えて武器・弾薬・食糧を運搬するのに、鉄鋼の船舶を使用する」と教えた。その時、陸軍大学の日本人学生が「木製の船でないと沈む」と言って、メッケルに笑われたという話が残っている。

＊「日清戦争はメッケルの戦術で戦われた。日露戦争はクラウゼヴィッツの戦略・戦術で戦われた」と言われている。

(3)『戦争論』翻訳、「旧版があった！」

次に紹介したいのは、馬込健之助訳『戦争論』（1935年発行、岩波文庫、旧版）である。

九州工業大学図書館の3階で、偶然、発見したのは、〈クラウゼヴィッツ著・馬込健之助訳『戦争論』（1935年発行、岩波文庫、旧版）〉である。

私が40歳の頃読んでいたのは、〈クラウゼヴィッツ著・篠田英雄訳『戦争論』（昭和43年、第一刷発行）の岩波文庫、新版〉だった。

新旧どちらの岩波文庫本も、同じドイツ語原書Karl von Clausewitz,"Vom Kriege"の翻訳だったが、私は旧版・新版、双方から大事なことを教えられている。

〈篠田英雄訳『戦争論』の新版〉からは、訳者〈あとがき〉が大切だった。「鷗外がドイツ留学時代に、留学将校の早川大尉から、講義を依頼されていたという事実」が書かれていた。

〈馬込健之助訳『戦争論』の旧版〉からは、1932年10月の〈訳者序言〉の「鷗外の翻訳が完璧に近い名訳であったという評価」を教えられた。

このことは、後で少し詳しく紹介するつもりだ。

(4) なぜ〈体育科購入印〉なのか?

いま一つ、とても重要なことがある。

メッケル少佐『独逸基本戦術』、馬込健之助訳『戦争論』その他、3階にあったかなり大量の陸軍史関係の図書を調べてみた。

すべて、これらの文献の図書の右肩に「私立明治専門學校體操科印」という購入印が押されていた。これも、重要な謎である。

〈私立明治専門學校〉は、現在の〈国立九州工業大学〉となっているが、一貫して、工業専門の学校である。

何故、陸軍史などの書籍があるのか? さらに「體操科印」である。この正体は何なのか?

不思議に思った私は、そのことを米津三郎さんに尋ねてみた。

「当時、明治工業専門学校に配属将校として配属されていたのは宇佐美八郎少佐であったから、この購入印を押したのは宇佐美さんだったのではないか」

これが、米津三郎さんのお答えだった。

「宇佐美さんは、どのような方ですか?」

すると、当時、明治専門学校に宇佐美八郎さんが勤務されていたことなど話して頂けた。

米津三郎さんの御尊父は、〈玄海〉の号を持たれた有名な画伯であった。

退役将校宇佐美八郎少佐は、酒飲み友達として米津家をよく訪れておられたそうである。

私は、不思議な縁を感じた。

郷土史家の米津三郎さんに「鷗外を語れ！」と命じられ、参考文献を探しているうちに、米津三郎さんの御尊父の御友人、故宇佐美八郎少佐の購入印に、出会ったのである。

私は、亡くなられた方々の応援まで頂いているのだ。

1945（昭和20）年4月、私は福岡県立豊津中学校に入学した。

当時、戦時中の時代、日本中の中学校・高等学校・専門学校・大学校には、退役将校が体育教官として配属されていた。私も経験している。

体育授業はすべて配属将校の指導であった。柔道・剣道、匍匐《ほふく》前進、手榴弾投げなどだった。ボール競技など、一切なかった。

1945(昭和20)年8月敗戦、これで授業内容が一変、〈漢文から、英語へ〉と大転換である。

戦時教科書の墨塗り、平和主義教育の時代が始まった。

体育の授業も、陸上競技・水泳や、野球・バスケット・バレーボール・ラグビー・テニスなど球技が主流となった。


九州工業大学図書館3階の片隅の埃の中に、大量の軍事関係の書籍が残っていたのは、〈奇跡〉に近い。

1945(昭和20)年8月、日本が敗戦国になった。

この時、占領軍は「日本軍関係の物はすべて焼却せよ」という命令を出した。

各地の学校図書館の軍関係書籍は、すべて廃棄処分された。

ところが九州工業大学(戦前の明治工業専門学校)では、処分されずに生き残っていたのである。

終戦直後では、処分せずに天幕の下に隠しておくことは占領軍の命令違反であったが、独立国日本では「国の宝」となる。

同じようなことが、明治神宮に寄贈された「日本陸軍の連隊旗」1本がある。全国で50本あった連隊旗の生き残りは、この1本だけである。

占領軍命令に違反することは、勇気ある行動である。天幕の下に隠した方は、退役将校宇佐美八郎少佐であった。

その勇気に、私は助けられたのである。

メッケル少佐『独逸基本戦術』、馬込健之助訳『戦争論』（岩波文庫、旧版）などに多くのことを教えられ、助けられている。

幾ら感謝しても、感謝のし過ぎにはならない。

『鷗外小倉人事の〝謎〟』には、無数の手掛かりが必要である。

この図書の右肩の購入印「私立明治専門學校體操科印」も、謎解きの重要なヒントになっている。

〈第四章〉鷗外『独逸日記』を読む

(1) 独逸留学時代、鷗外の読書量に驚く

5月17日（日曜日）の午後、中央図書館の雑誌棚を探していた時、大切な事実が見つかった。

「留学時代に買い求めて読んだと推定される本は、文学に限っても450冊を超え、次第にヨーロッパの文芸評論、文学的回想録を読む」（中村ちよ『独逸留学時代の鷗外の読書調査』「東大比較文学研究」6号）

ドイツ語で450冊もの小説を4年間で読んでいる。1年に100冊以上というスピードに驚いた。

鷗外のドイツ留学（1884〜1888年）は、22歳から26歳までの青春時代の真っ盛りである。

「中村論文、450冊以上の読書」が、『独逸日記』では具体的にどのように

進行しているかを見ることにした。

①「夜は独逸詩人の集を渉猟することとさだめぬ」（1884年10月24日）

＊この『日記』で、鷗外の文学好き、その熱意の凄さが分かった。

②「架上の洋書は170余巻の多きに至る。…ダンテの神曲は幽昧にして恍惚、ギヨオテの全集は宏壮にして偉大なり。誰か来りて余が楽を分つ者ぞ」（1885年8月13日）

＊この〈洋書〉は、留学生の鷗外の所有である。すべてレクラム文庫本である。

しかし、ダンテ「神曲」、「ゲーテ全集」とは、気宇壮大だ。

③「巽軒《そんけん》は此回始て相見る。…此夜独逸に来しより以来始て東洋文章の事を談ず。快言ふべからず」（1885年10月1日）

＊巽軒は井上哲次郎（1855～1944）の号である。

彼は東京大学日本人哲学教授の第一号として有名である。

④「ファウストを訳するに漢詩体を以てせば如何杯と語りあひ、巽軒は終に余

に勧むるに此業を以てす。余も亦戯に之を諾す」（1886年12月27日）
＊鷗外50歳の時「ファウスト」翻訳をやり遂げ、約束を果たしている。

『独逸日記』を読み進めると、鷗外はかなり自由に、青春を謳歌していることが良く分かる。

音楽会や演劇も楽しみ、また得意のドイツ語で演説もしている。

ドイツ人の学者と論争まで戦わしている。

(2)「早川の宴」で〝浅薄笑ふ可し〟

『独逸日記』明治20年10月23日に、次の記事があった。

「早川の宴に赴く。両少将、野田、福島、楠瀬、山根等皆至る。伊地知大尉形而上論の事を話す。浅薄笑ふ可し」

伊地知幸介の形而上論の話は、極めて浅薄であった。

鷗外が笑った様子を目ざとく見つけた瞬間、早川は「クラウゼヴィッツの『戦争論』講義を鷗外に依頼しよう」と思ったに違いない。

「鷗外は哲学に詳しい。クラウゼヴィッツは哲学的な難しい本だ。彼に頼めば説明して貰えるだろう」

そう思った早川は、ベルリン市内の書店でクラウゼヴィッツの『戦争論』のドイツ語の原書、Karl von Clausewitz,"Vom Kriege"を2冊購入した。

原書2冊の購入と、事前の講義の依頼、その間にも何かあるはずだと思った。

それは、ベルリン在住の日本人の集まり〈大和会〉である。

「大和会の新年祭なり。独逸語の演説を為す。全権公使西園寺公望公杯を挙げて来りて曰く、外邦の語に通暁すること此域に至るは敬服に堪へず」(『独逸日記』明治21年1月2日)

鷗外のドイツ語演説が、西園寺公望公使から絶賛されている。

その〈大和会〉の場に、ベルリン在住の留学生、北里柴三郎(1853〜1931)も参加していたに違いない。早川大尉も参加している。

この〈大和会〉で早川と北里が、留学生仲間として話し合った。

そうでないと、次につながらない。

(3)『戦争論』の説明を依頼する

『独逸日記』明治21年1月16日「北里、早川来たる」

早川怡与造・北里柴三郎が同行して、ドイツ語の原書Karl von Clausewitz,“Vom Kriege”を2冊持って、鷗外の宿を訪れた。

鷗外の宿を訪れた早川は、話を始めた。

「俺はドイツの幾つかの軍隊にも参加し、演習にも参加したが、もっと根本的な理論を勉強したい。先日の〈大和会〉で、君のドイツ語が西園寺公望公使に褒められた。君の語学力を借りたいのだ」

北里柴三郎も同調して、鷗外の力の凄さを褒めた。

「まあ、西園寺公使から褒められたのは嬉しかったね」

鷗外も笑顔だった。

早川大尉は、ここで真剣な顔をして話題を切り替えた。

「実は、頼みたいことがあって来たのだ。軍人の俺には個々のことは、体験して分かっているが、根本の原理が理解出来ていない。クラウゼヴィッツの原書を持って来た」

早川は一冊の原書、クラウゼヴィッツの『戦争論』、表紙はドイツ語で、Karl von Clausewitz,"Vom Kriege"を手渡した。早川は、鷗外が引き受けてくれると確信していた。

北里も横から、早川の依頼を応援した。

「君は哲学に詳しい。君なら説明が出来るだろう。クラウゼヴィッツの"Vom Kriege"は、ドイツ留学の日本人将校には難しくて理解できないと言っている。哲学に詳しい君ならば説明できるだろう。そう思って相談しているのだ」

鷗外は手渡された『戦争論』の頁を開けて、暫く読んでみた。

「この本が、有名なクラウゼヴィッツの『戦争論』なのか。私もこの本は興味がある。"Vom Kriege"は軍医の私には初めての書物だが、一緒に読むことにしよう。明後日、来てくれ」

なぜ、早川大尉が鷗外に『戦争論』の解説を依頼するようになったのか？

前年10月23日「早川の宴」、1月2日の〈大和会〉、1月16日から、1月18日へと順を追って、『独逸日記』を、そのように時間的順序で読んでみた。

私は、〈時間的順序は、論理的順序である〉と信じている。

『独逸日記』の文章の時間的流れが、私の頭の中で自然につながってきた。

(4) 1月18日、大きな劇の幕開け

「夜、早川来る。余為めにクラウゼヰッツの兵書を講ず。クラウゼヰッツは兵事哲学者とも謂ふべき人なり。著書文旨深邃、独逸留学の日本将校能く之を解すること莫し。是より早川の為に講筵を開くこと毎週二回」(『独逸日記』明治21年1月18日)

鷗外から早川へのクラウゼヴィッツ『戦争論』講話が始まった。

クラウゼヴィッツ『戦争論』は、戦術一般の平板羅列的な記述の書ではない。それは、ヨーロッパの膨大な戦争史を12年間にわたって研究し、彼自身の対ナポレオン戦争の体験で肉付けし、カント哲学によって理論的に総括した学問の書であった。

哲学的素養無くしては、読みこなせない。鷗外のずば抜けたドイツ語力と、該博な知識、深い哲学的素養にしてはじめて読みこなせたのである。

早川は週2回、帰国までの数か月で、第1編「戦争の本性」の過半を読み終

Wir denken die einzelnen Elemente unseres Gegenstandes, dann die einzelnen Teile oder Glieder desselben und zuletzt das Ganze in seinem inneren Zusammenhange zu betrachaten, also vom Einfachen zum Zusammengesetzten fortzuschreiten.
「我等の説かんと欲する所の対象（目的物）は之を説くに方りて個々の要素より始め次いで分節に及び終に全体及其内部の関繋に至りて止むを最便なりとす」（鷗外訳『戦論』）

えたと言われている。

そのように考えると、鷗外『独逸日記』明治21年1月16日から18日への文章の流れが、自然につながってくる。

この日から、鷗外と早川怡与造の二人は、ドイツ語の原本"Vom Kriege"で「半年間毎週2回」の読み合わせを始めたのである。

「1888年の前半期の半年間で、Karl von Clausewitz,"Vom Kriege"の第一巻の過半を読んだ」と、後に鷗外自身が語っている。

"Vom Kriege"の冒頭の文章が、早川怡与造大尉には理解できなかった（表）。

「ドイツ語はかなり読めるようになったが、読めても意味が分からない。この最初の部分から、何を言っているのか、分からないのだ」

早川は、作戦参謀であるから、兵の動員・運用、軍事物資の輸送、築城術、弾道計算といった高等数学を要する分野については強かったが、哲学といった抽象論議にはなじみが少なかったのである。

早川には、近代戦はこれまでの戦術では通用しない、国を挙げての総力戦を強いられる以上、戦略への転換を図らねばならないことも分かっていた。戦略には、軍事哲学が必要不可欠であることを察知していた。

鷗外が、具体的に説明を始めた。

「全体と部分の関係を説明しているのだ。木に例えると分かる。木には、幹・大枝・小枝がある。戦争も同じように、大会戦・一つの都市の攻防戦・小競合いがある。すべて物事には、全体とそれを構成する部分がある。小部隊の小競り合いから、中隊規模の戦闘、大軍団の激突まである。それが戦争なのだ。クラウゼヴィッツは、そう言っている」

この説明で、早川怡与造大尉は「なるほど、そのように読んでいけば良いのだ」と分かってきた。

「部分がどのようにつながり合って、全体を作っているのか。どういう法則があるのか。それが分かってきて、初めて対象を完全に理解できたと言える。最初の文はそういう意味なのだ」


明治21年『独逸日記』に、1月30日、2月23日、2月29日、「早川来たる」と記されている。毎週2回だが、その一部しか日記に記載されていない。

森鷗外はドイツに来て、日本人の哲学教授の第一号となった井上哲次郎の指導も受け哲学書も熱心に学んでいた。


こうして、早川大尉は、クラウゼヴィッツの『戦争論』を鷗外と共に読み始めることとなった。

〈クラウゼヴィッツ『戦争論』が日本陸軍のバイブルとなった〉

その端緒が見つかった。

この1888年1月18日から、クラウゼヴィッツ→早川怡与造→森鷗外、三巨人の精神的共鳴が響き始めたのである。

この日は、まだ大きな劇の幕開けに過ぎない。

〈第五章〉戦雲、急なり

(1) 三国干渉を受け入れた

明治28（1895）年、日清戦争講和のため、下関条約が締結された。清国の全権大使李鴻章と、日本の全権大使伊藤博文・陸奥宗光との間で調印された条約である。

清国は、①朝鮮の独立、②2億円の賠償金の支払い、③遼東半島・台湾・澎湖諸島の割譲などを承認した。

この時、李鴻章は「日本は台湾を統治できないだろう。お手並み拝見」と言っていた。

実際に台湾統治は難しく、さんざん手古摺っていた。

1898年2月、4代目の台湾総督に任命された児玉源太郎が、数年がかりで見事に成功させている。

日清戦争直後、ロシア・フランス・ドイツの三国が、日本に干渉を加えた。日本は三国に抵抗する力がなく、三国干渉を受け入れた。

旅順をロシアに脅かされて取られ、遼東半島を清国に返還した。

ところが、その後まもなくロシアは日本が清国に返還した「遼東半島」を手に入れた。

三国干渉の狙いは、ロシア帝国の南下政策を実行することであった。

ロシアの南下政策は本格化した。

満州へロシア軍が送り込まれ、旅順には大量のベトン（コンクリート）が運ばれ要塞化が進められた。

ロシア帝国海軍の拠点ウラジオストックからさらに、旅順の軍港化によって着々と進行していった。

さらに朝鮮半島にも手を伸ばし始めた。

江戸時代の頃から、ロシア船が北海道周辺を徘徊していた。

『少年少女おはなし明治維新史　2巻』（岩崎書店、1968年）、九州在住ということで執筆依頼があった。

34歳の私に与えられたタイトルは「対馬にロシアの軍艦が来た」であった。

1861（文久元）年2月3日、ロシアのポサドニック号という軍艦が対馬の沿岸に来て測量を始め、対馬に基地を作り始めた。

この年、ロシア軍艦の水兵と対馬農民との間に実弾の飛び交う戦いもあった。この時の戦いで、対馬の農民の安五郎がロシア兵の鉄砲で殺されている。

幕府の要請でイギリス艦隊の2隻が対馬に現れ外交交渉が行われ、8月15日に、ようやくロシアのポサドニック号は対馬から退去した。

「対馬にロシアの軍艦が来た」、このような事件があったとは、私は全く知らなかった。テーマを与えられ、調べてみて、初めて知ったのである。

19世紀、ロシアの動きが激しくなっていた。

1856年のクリミヤ半島の戦いで、ロシア帝国の黒海への進出が難しくなり、日本海方面へ進出しようとしていた。

ロシアの南下政策は、日清戦争後ますます強くなっていた。それを防ぐために日本の力を借りたいと思っていたイギリスが、1902年に日英同盟の締結を誘ったのではないだろうか。

間もなく始まる日露戦争は「世界一の大陸軍国ロシアと、世界一の大海軍国イギリスの《代理戦争》だった」と、私は思っている。

(2)「臥薪嘗胆《がしんしょうたん》」の合言葉

日本には、三国干渉の恥辱を跳ね返す実力がない。

日清戦争直後の日本は、世界の大国からみれば、まだ「東洋の一小国」に過ぎなかった。

「苦節10年、臥薪嘗胆の合言葉のもとに、何をおいてもロシアに馬鹿にされないだけの軍事力を持とう」と心掛けていた。

＊「臥薪嘗胆」（司馬遷の『史記』にある中国の春秋時代の故事）

呉王夫差《ふさ》が父のかたきの越王勾践《えつおうこうせん》を討とうとして、いつも薪《たきぎ》の上に寝て身を苦しめ、またその後夫差に敗れた勾践が、いつか会稽《かいけい》の恥をそそごうと

苦い肝を嘗めて報復の志を忘れまいとした。

当時の新聞『万朝報《よろずちょうほう》』は、その当時の「臥薪嘗胆」のようすを書き立てていた。

刻々と変化する状況が、日々の新聞紙、『万朝報』などで強力に報道されていた。

三国干渉への怒りが、新聞をにぎわし、国民の気分は日露戦争開戦へ向けて動き、時代は変化し始めていた。

当時、小学生であった平塚明子（雷鳥）は、自伝『わたくしの歩いた道』の中で次のように述べている。

「多分応召で、短い期間軍務についていられたのでしょうか、二階堂先生が、ある日美しい近衛兵の軍服姿で、学校へ出てこられ、三国干渉のため遼東半島を熱涙を飲んで還付したことの次第をわかり易く、じゅんじゅんと語り、『臥薪嘗胆』を子供心に訴えられました。教室には極東の地図がかけてありました。遼東半島のところだけ赤く塗りつぶしたものでした。話しながら先生が黒板に、特に大きく書かれた『臥薪嘗胆』の文字は今も心に浮かびます。三国干渉―遼東還付―屈辱外交に対する当時の国民的な憤りはよほど大きかったのでしょう。このことは家庭でも、また他の人々の話の中でも聞きました」

当時の国民の心理状態がよくうかがえる。

(3) 増税反対の谷干城

谷干城（1837〜1911）は、西南戦争で熊本城を死守した猛将であり、薩摩・長州の藩閥政治への抵抗の土壌を持つ土佐（高知県）の出身者である。

第一次伊藤博文内閣の農商務大臣だった谷は、明治19年から翌年にかけてフランスへ派遣された。

着々と進められる明治国家のドイツ型への陸軍改造に強い危機感を持っていた谷は、フランスからスイスをめぐり、いよいよその感を強くしていった。

一年後、帰国した谷は、一万語からなる長文の意見書をまとめ、政府に提出した。これが有名な『国家の大要』である。

「某《それがし》外国に在りて静かに観察するに、政治の方針独逸に傾き、学術専ら独逸に傾き軍事専ら独逸に傾き…衣服の末に至るまで独逸に傾くが如し」

外から冷静に日本を観察して、いろんなことが見えてきた。

日本の方針は、完全にドイツ型である。学問も軍事も、みなドイツ一本鎗である。はては軍服までドイツ陸軍のマネをしている。

それまでの軍服は胸に肋骨の形にも見える横線の入ったフランス式だったが、ドイツ式の軍服に替えられてしまった。

「何もかにもすべてをドイツ式にすることには無性に腹が立つ。以ての外である。これは戦争につながり極めて危険である」

西南戦争の猛将、谷干城中将は、怒り心頭に発していた。

「夫《それ》我国の位置たるや、遠く東海に屹立し四海の沿岸に嵯峨たる岩礁多し、天然の要害万国比類を見ざる所、一旦已むを得ざる時は退きて自らを守り、外人と拒絶して数年を支ふるは実に易々たる事に過ぎず」

日本の位置・地形をみると、大陸から離れ周囲を海に囲まれた天然の要害となっている。外国軍の侵略のある時は、断乎として守れば数年間は楽に守れるし、侵略軍を撃退できると、彼は考えていた。

谷には、地租の軽減を願う国民の支持があった。

谷の主張は、民力休養・軍備縮小・専守防衛・共和制への移行という自由民権派とつながっていた。

「谷はそののち明治23年に、最初の貴族院議員となった。そのかんかんがくがく、所信を少しも曲げない古武士的硬骨は、伊藤内閣の閣僚として、首相伊藤博文をてこずらせたものであったが、議員としてはいつも時の政府の一大敵国であった、貴族院は彼のあることによって、その言論に異彩を放ったといわれた」（松下芳男『日本軍閥の興亡』芙蓉書房、１９７５年）

(4) ロシアの南下政策が迫る

19世紀、ロシアの動きが激しくなっていた。

１８５６年のクリミヤ半島の戦いで、ロシア帝国の黒海への進出が難しくなり、日本海方面へ進出しようとしていた。

ロシアの南下政策は、日清戦争後ますます強くなっていた。

三国干渉で、遼東半島を返還させたロシアは、清国と裏取引きして租借権を得て、旅順に基地を作り始めた。

私は当時の情勢を、例によって『百科事典』（平凡社）で調べることにした。〈シベリア鉄道〉シベリアを横断してヨーロッパ・ロシアと極東を連絡する幹線鉄道、およそ７６００㎞である。帝政ロシアが極東経営の必要から、１８９１年に起工し、日露間の情勢緊迫に対処し、ひとまず、ハルビン経由の短絡路によって１９０４年に完成した。

ようやく、私にも日露開戦直前の、ロシア帝国の意図がつかめた。

続いて、関連文献を数冊読んでみた。

次の文章は、ロシア側の具体的な動きがよく分かる事例である。

クロパトキン大将の極東視察は、ロシア皇帝の勅命によるものであった。

一行は１９０３（明治36）年４月28日、出発、シベリア鉄道を視察しながらウラジオストックに到着した。ウラジオストック軍港から巡洋艦アスコリ号に乗艦して日本海より関門海峡を経て瀬戸内海に入り、神戸港に上陸した。大阪、名古屋経由で6月12日、東京に到着した。

寺内陸相に語ったクロパトキン大将の豪語がある。

「吾輩は軍人である。従って、もしも日本から挑戦されたとしたならば、直ちに300万人のロシア常備軍を率いて日本の国土に進攻し、東京を手にしてみせる。しかし私個人としての見解は、あくまで日本との開戦を望むものではない」

当時、世界一300万の大陸軍を誇っていたロシア帝国の真意であった。世界一の大海軍国はイギリスであった。

1902(明治35)年1月30日、日英同盟が締結された。

「全東京、そしておそらく全世界は、桂首相が昨日の議会で行った報告に、ショックを受けている。極東に関する日英同盟は、清・韓両国の保全と、同盟国の一方が二国以上より攻撃された場合の相互武力援助とを義務とするものである。日本はこれによって大きい精神的の支えを得るが、いずれにせよ、おもな実利を博するのは英国である」(『ベルツの日記(上)』明治35年2月13日)

この両者は、直接戦いたくなかった。巨人と巨人の激烈な生死をかけた大戦争となる。

日清戦争に勝った日本が、イギリスに目を付けられたのだと思われる。

日本も、イギリスやアメリカの応援で、ロシアの南下政策を防ぎたいと願っていた。満州へロシア軍が送り込まれた。

旅順には、大量のベトン（コンクリート）が運ばれ要塞化が進められていた。

〈第六章〉《戦後10年計画》が議決された

(1) 明治陸軍史に、私は無知だった

『歴史教科書』には、《戦後10年計画》が無かった。

実は、社会科教師となって20年の私は、『歴史教科書』に従って、西南戦争、日清戦争、日露戦争など戦争の名前を読むだけのダメ教師であった。

「森鷗外年表」を見ると、鷗外は日清戦争にも、日露戦争にも軍医部長として従軍している。

《戦後10年計画》の言葉も初耳であった。

日清戦争が終わった直後に《戦後10年計画》が計画され、そして10年後に計算通りに日露戦争が始まっている。

「10年後には日露戦争が予想される」と誰が考えたのか知らないが、実際に誰かが考え議会で議決し、そして実際にその大戦争が始まったのである。

〈無知〉の私には大変な驚きであったが、この事実は単なる偶然であったのか、必然であったのか？

(2)《戦後10年計画》に白熱した議論

1895（明治28）年12月25日から翌年の3月29日にかけて、第9回帝国議会は《戦後10年計画》を巡って白熱した議論があった。

1897（明治30）年3月11日、貴族院本会議で、谷干城が軍備縮小案を提案した。その背景には、生活安定を願う農工商業者の世論があった。急激な軍備拡張策に反対する者が少なくなかった。

貴族院での投票結果は69に対する82、わずか13票の差で、谷干城らの増税反対案は否決された。

《戦後10年計画》の要点は、①製鉄所の建設、②海軍4倍化、③陸軍2倍化であった。

① 製鉄所の建設は、筑豊炭田を控えた洞海湾岸で実行された。

1901（明治34）年11月18日、八幡製鉄所が作業を開始した。

ドイツ人技師トッペに高給を支払って実現されたのである。

② 海軍4倍化のポイントは、イギリス型海軍の建設であった。

ロシアの巨大な艦隊に対抗して制海権を掌握するためには、海軍の4倍化は絶対に必要な条件であった。

1896（明治29）年から、海軍の4倍化計画で、日露開戦直前、第一級の戦艦6隻、装甲巡洋艦6隻の「六六制新海軍」を作り上げることに成功した。

③ 陸軍2倍化も重要な計画であった。

ロシアは常備兵力300万人という世界一の大陸軍国である。

もし、ロシア軍が攻めてくれば、日清戦争を戦った日本軍15万人という弱小兵力では問題にならない。

陸軍の2倍化計画も進行し、日清戦争時の6個師団を日露戦争に備えて12個師団に拡張する計画であった。

1個師団は1万5千である。

近衛師団を加えた13個師団でも、約20万人の兵力である。

＊　1万5千×13＝19万5千（約20万人）

6師団→12師団

日清戦争時の陸軍は、近衛師団と第1～6師団（1東京、2仙台、3名古屋、4大阪、5広島、6熊本）であった。

日露戦争を目前にして、第7旭川、第8弘前、第9金沢、第10姫路、第11善通寺、第12小倉に、新しい師団を増設するという計画である。

(3) 参謀総長川上操六の急死、激震！

1898（明治31）年1月、第三次伊藤博文内閣の発足で、桂太郎が陸軍大臣になった。

川上操六も参謀本部総長へ昇格した。

私の謎解きの努力も、最後の詰めに入っていた。

ふと、思い付いた。

「鷗外が小倉に来た1899年頃、当時の新聞を調べてみたい」

北九州市立中央図書館の歴史関係の書架を、あれこれと探している時、一冊の記録『明治新聞集成』が見つかった。

「明治三十二年五月十一日、参謀総長川上操六大将が急死、朝野をあげて呆然」（『明治新聞集成』）

1899（明治32）年5月11日、陸軍参謀総長川上操六大将が、体調を崩し死去した。この日、全国の新聞はこの川上の急死について大きく報道していた。

彼の死因は日露戦争前夜、陸軍参謀本部での徹夜の連続という激務だったと書かれていた。

日露戦争直前の激務の中、5月11日午後6時、川上大将が逝去したのである。

「川上総長の急死、朝野に激震が走った」と報道されていた。

「後継者は作戦部長の田村怡与造大佐以外にはいない」とも書かれていた。

1899（明治32）年5月11日、参謀本部で日露戦争準備の激務の中、参謀総長川上操六大将が急死した。川上大将の後を継いだのは、田村怡与造大佐だった。田村の階級は大佐だが、実力は大将並みであったのだろう。

軍事当局はとりあえず寺内正毅《まさたけ》少将を参謀次長に就任させ、そのうちに田村怡与造大佐を総務部長にし、その後、田村を少将に進級させて次長就任予定といった方法を採ることにした。

川上操六大将のあとを受け、田村怡与造大佐が実質的にその後継者となったのである。〈大将の後、大佐が後継者〉、普通ではありえない人事である。大佐が川上大将の後継者というところに、当時「武田信玄の再来」と称えられていた田村怡与造への絶大な評価がうかがえる。

古書店で買っていた貴重な本が、私の書棚にあった。

徳富猪一郎著『陸軍大将　川上操六』（大空社、1988年）の第11章、9節「将星地に墜つ」の文章を引用する。

「日清戦争後、3カ年の間、大将は全身全力を傾注して戦後経営、対露作戦の準備に着手し、東奔西馳、南船北馬、身に一日の安を貪ることだに出来なかった。31年には、陸軍特別大演習が摂津河泉の野に挙行され、当時大将は健康を損じつつあったに拘らず、聖駕に従って演習地に出張し、大阪に滞在すること旬余に及んだ。…大阪より帰来、病勢頓に重きを加うるに至った。32年5月11日午後6時10分に至り、薬石効無く、薨去《こうきょ》された」

参謀総長川上操六大将の後を継げるのは、実力からみて田村怡与造大佐しかいなかった。

その時、田村は参謀本部第一部長、陸軍歩兵大佐に過ぎなかった。

参謀総長の後任は大山巌となり、田村はやがて総務部長に転じ、１９０２（明治35）年４月に初めて参謀次長の席に座ることとなった。

１８９９（明治32）年５月11日、日露戦争準備の激務で参謀総長川上操六大将が急死し、田村怡与造大佐が後を継ぐことになったのである。

(4) 後継者、田村怡与造の人物像

大筋ここまでは、幾つかの陸軍関係の本を読んで分かってきた。

何か、この間の事情を詳しく書いた本はないだろうかと思って、再び金栄堂書店を訪問した。

書店２階に上がって専門書の書棚を探した。１冊の本が目に付いた。

この時、私が購入した専門書は、島貫重節著『戦略、日露戦争』（原書房、１９８０年）である。陸軍史に無知な私への強力な〈助太刀〉となった。

本書を購入したのは、１９８１年５月末日だった。

6月19日は、米津三郎さんに約束した発表の日である。あと半月後に迫っている。帰宅して、読んでみたが、欲しい情報が山盛りだった。

本書の74～76頁を引用する。

【出身は山梨県で士官学校は第二期生で、当時は早川姓であった。明治16年ドイツ留学を命じられ、明治21年まで5年間も長期留学した。彼はドイツの陸大で直接現場仕込みの戦略戦術を修練してきた人として名声が高かった。田村少佐は帰国するや、監軍部の参謀となり、時の監軍山県有朋、同参謀長の児玉源太郎から、その才能を認められた。彼は単に軍事能力ばかりでなく、その豪胆な性格と不屈の精神で、さらにまた部下や弱い立場にある者に対する驚くべき懇切、愛情の細やかさで、上からも下からもその人柄を尊敬しない者はいなかった。川上操六次長は彼を参謀本部の作戦部に勤務させ、特命で日本陸軍の用兵作戦の基礎となる軍隊の編成と組織、および野外要務令と戦時勤務令によって制度の確立を厳格に規正する仕事を彼に担当させたのである。…日清戦争では山県有朋司令官と論争になった。「お前のような原則論一点張りの青二才に何ができるか。不服であれば大本営に行って川上次長の意見を聞いてみろ」「では、これで私をやめさせて下さい」その場で、田村は直ちに荷物をまとめて軍司令部を去り広島の大本営に向かい、辞職の届出をすませた。川上は、当時欠員となっていた大津の歩兵第九連隊長に彼を任じた。…田村大佐は川上総長の没後、作戦部長から参謀本部の総務部長となって部内の統括と参謀の人事、教育および、兵站後方等の全般的な統制業務を担当して大山総長、寺内次長を補佐した。時に明治三十二年五月であり、翌年四月少将に進級した】（島貫重節『戦略、日露戦争』原書房、１９８０年）

この文章で、参謀本部の人事の大きな流れがはっきりした。大切なのは事実に基づいて考えることだと思っている。

最大のポイントは、クラウゼヴィッツ『戦争論』翻訳、それと鷗外小倉人事との関係である。

「小倉への配転人事の辞令を貰った時、鷗外本人は〝左遷人事だ！〟と怒ったが、実は〝日本陸軍軍人として働け〟という人事だったのではないのか？」

鷗外には、この人事は承服しがたい人事であったが、周囲の説得もあって、不満な思いをもったまま小倉へ向かった。

鷗外小倉時代は、陸軍の2倍化計画が進行していた。

参謀本部で参謀総長川上操六と、作戦部長田村怡与造は、日露戦争の対策を練っていた。

「鷗外なら『戦争論』を正確に翻訳できる。ドイツ留学時代の翻訳の継続だ」

ドイツ留学時代、直接、鷗外の解説を聞いていた田村は、その続きを望んでいたはずである。

《戦後10年計画》で量的に倍化した陸軍は、同時に将校たちの指揮能力も向上させねばならない。

川上と田村は、『戦争論』の翻訳を、各師団の参謀たちに教材として学ばせることが、日露戦争必勝の鍵だと考えていたはずである。

日清戦争の時、第2軍司令官は大山巖大将である。

この大山巖第2軍の参謀長は井上光、その兵站部に山根武亮《たけすけ》、森林太郎軍医部長もいた。

日清戦争時の〈井上、山根、森林太郎のコンビ〉、その組み合わせが189
9年6月、小倉第12師団で再現されている。

こうした上級軍人の組み合わせは、軍医部で考える人事ではない。参謀本部人事でなければ、こういう人事配置はできない。

森鷗外に小倉への人事命令が出されたのは、その直後の同年6月9日だった。

鷗外小倉への人事は、偶然なのか、必然なのかが問われている。

〈第七章〉『小倉日記』を読む

(1) 鷗外小倉は左遷なのか?

1981年4月5日、米津三郎さんに指示されて、私は近くの書店に走った。本章はその時購入した『小倉日記』が最大の武器となっている。

小倉は「暇なところ」ではない。日露戦争開戦前夜、日本陸軍全体の中で最も緊張を要した個所であった。鷗外の『小倉日記』には随所に小倉師団がしだいに整えられていった状況が記されている。

鷗外少将は、愛馬にまたがって軍事演習に臨んだりしている。

鷗外が1899年6月、小倉に来た当時、新設の第12師団はまだ建設し始めたばかりで兵員も5千人そこそこだったが、鷗外も徴兵検査で北部九州の各県を巡ったりして年々増員され約1万名、さらに1904年の開戦時には第12師団は1万8千の大部隊となっていた。

小倉の第12師団は日露開戦の戦場に最も近い距離にある。実際に、日露開戦で一番先に飛び出したのは小倉師団であった。

１９０４（明治37）年2月4日、午後10時、寺内正毅陸軍大臣は、小倉の第12師団長井上光中将に「臨時派遣隊編成と韓国派遣命令」を電報で命じた。井上師団長は、2月5日正午、その編成を完結した。第12師団から、小倉、福岡、大村の4個大隊２２００名が編成された。

各隊は鉄道で移動、長崎県早岐に集結し、午後10時30分佐世保付近の港から乗船を開始し、2月9日仁川に上陸し京仁鉄道で京城に入った。

小倉の第12師団は、日露戦争で一番先に飛び出す軍隊であった。

鷗外は、この臨戦態勢を整えつつあった小倉で働いていたのである。小倉の第12師団の師団長井上光、参謀長山根武亮、軍医部長森林太郎の三人の組み合わせは、偶然なのか、必然なのかを考えてみたい。

実は、日清戦争のとき、この三人は、大山巌の第2軍で共に戦っていた戦友であった。

(2)「時事を談ず」とは？

1899（明治32）年6月19日、先ず、師団司令部で、井上光師団長に新任の挨拶をした。

鷗外の宿舎には、小倉駅前の室町筋にある「達見《たつみ》旅館」が用意されていた。

「大雨。山根武亮来り訪ふ。麦酒を酌みて時事を談ず」（『小倉日記』明治32年6月21日）

大雨の中、第12師団の参謀長山根武亮大佐が訪ねて来た。

2人は、ドイツ留学時代から旧知の仲である。ビールを酌み交わしながら、様々なことを語り合ったが、具体的なことは何も書かれていない。ただ「時事を談ず」だけである。

「時事を談ず」の主語は、誰なのか。鷗外なのか、山根なのか。

日清戦争は日本が勝利したが、三国干渉があり、ロシアの南下政策は朝鮮半島まで及んでいた。数年後には、日露戦争という緊迫した局面だった。

「大雨」を突いて宿を訪れ「麦酒を酌んで時事を談じた」のは、山根参謀長であった。

日記を書いたのは鷗外だが、話題は「時事」である。だとすると「時事を談ず」の主語は、小倉師団の参謀長山根武亮と考える方が合理的である。

当然ながら、「時事」は日露戦争近しという緊迫した状況の話である。

山根の方は、小倉への転勤を光栄に思っていた。小倉師団は、大型師団である。対外戦では先鋒部隊となることは必至であった。

事実、1904（明治37）年2月、日露開戦で第一陣として、朝鮮半島の仁川に上陸したのは小倉の第12師団であった。

鷗外は、山根と時事を講じた後の6月27日に、母峰子へ手紙を送っている。「実に〈危急存亡の秋〉なり、唯しづまりかへりて勤務を勉強し居るより外なけれど、決して気らくに過すべき時には無之候」

鷗外は、この母への手紙で「小倉に来て自分が何を為すべきか分かった」という心境の変化を伝えたのだと思われる。

恐らくこの時、『戦争論』のドイツ語の原典“Vom Kriege”を送るように手を打ったはずである。そうでなければ、間もなく始まる講義、さらには翻訳とつながらない。

(3) 福島演説に耳を傾ける

1899（明治32）年7月28日、第12師団司令部で大切な会議があった。

「午前山根予等を師団司令部に集へて、参謀長会議の結果を報道す。福島安正の演説する所の列国均勢の現況の如きは、耳を傾くるに足るものあり」（『小倉日記』明治32年7月28日）

わずか数行の短文であるが、その内容を考えてみたい。

日本各地の師団参謀長が、東京の参謀本部に集められて会議が行われた。この参謀長会議に参加した小倉師団参謀長山根が、小倉城横の第12師団司令部に将校約50名を集めて報告したのである。

その報告の最大要点は、福島安正陸軍大佐の国際情勢の話であった。

シベリア単騎横断で勇名を馳せた福島安正が、参謀本部の情報部長である。彼は数か国語を自由にあやつり、ドイツ、ロシア、中国、中央アジアの各地を数年かけて探索し、世界情勢を語らせれば、当時の日本で第一人者であった。「建設されつつあるシベリア鉄道の現状、さらに中近東から、中央アジア、東アジアを巡ってのイギリス・ロシアの対立など、自ら現地を巡った体験談」であった。

福島安正は、1892～93年、ベルリンからウラジオストックまで488日かけた単騎シベリア横断をやり遂げ、1895～97年にはインド・中近東・中央アジアなどを538日かけて探り、1899年には川上操六参謀総長の特別司令を受け、中国の南京・武昌をめぐっている。その直後の「列国均整の現況」演説であった。

福島演説は体験談であるから、説得力がある。鷗外が「耳を傾くるに足るものあり」と記している。

7月28日、小倉城南の第12師団司令部での「全国参謀長会議報告」は、ますます鷗外を強く動かしたと思われる。

〈「時事を談ず」→「危急存亡の秋」→「福島演説」〉、この流れで、鷗外の行動の方向が決定されたのである。

(4) 鷗外の『戦争論』講義と翻訳

1899（明治32）年6月19日、山根武亮の時事談義から、鷗外によるクラウゼヴィッツ『戦争論』翻訳への動きが始まった。

「井上中将以下の将校予をしてクラウゼヰッツ Clausewitz の戦論を偕行社に講ぜしむ。是日始て講筵を開く」（『小倉日記』明治32年12月12日）

『小倉日記』は、このように続いている。

この日、鷗外が「クラウゼヰッツの戦論」を手に持って小倉師団の将校たちに講義する場面が、私の眼に浮かんできた。

〈偕行社〉とは、「将校クラブ」のことである。1877年に始まり、陸軍部内で唯一の公認団体となった。

小倉師団の「将校クラブ」偕行社は、小倉城の東、紫川の西岸にあった。

「午後二時偕行社に至りて、クラウゼヰッツを講ずることを継ぐ」（『小倉日

記』明治33年4月7日）

鷗外は、途中から、講義を翻訳に切り替えている。
大庭景一《おおばかげかず》を鍛冶町の自宅に呼んで、口述筆記させたと書いている箇所には、深い意味がある。

仕事は一人でやるよりは、協力者が横にいるほうがよい。

アリストテレスは「人間は社会的動物である」と言っている。

陸軍歩兵少佐大庭景一（１８５７～１９０４）は、重要人物である。参謀将校であり、書の達人であり、詩人でもあった。彼は、軍事・参謀の仕事の専門家であった。

『大戦学理巻一至巻二訳本の来歴』（明治36年10月29日、森林太郎識）に、次のように書いている。

「予の此訳本を作るや陸軍歩兵少佐大庭景一君予の口述するところを筆記せられたり故に大場君は此訳本の成就に與《あずか》りて力あるものなり」

この2行には、深い意味がある。

翻訳文をただ機械的に筆記したのでなく、訳本の完成に大庭少佐の力が大きな役割を果たしたのである。

鷗外と大庭景一少佐、この二人で、クラウゼヴィッツ『戦争論』の翻訳の仕事が進んだ。途中、次のような会話も交わされただろう。

「日露戦争は近いと思います。小倉師団は最先頭で戦う部隊です。私たち将校は、この『戦争論』を勉強しなければなりません」

「ドイツ留学時代、早川大尉から頼まれ『戦争論』の翻訳を始めたが、その早川大尉が現在の参謀本部の中心の田村怡与造閣下なのだ。この翻訳は、ロシアと戦う時、強力な武器になる。それが田村閣下の考えなのだ」

「私もそう思っています。実は、田村怡与造参謀次長と私は陸軍士官学校の同級生なのです。当時から威風堂々とし、将来、軍の指導者となる人物だと思われていました」

「そうだったのか。大庭君と田村閣下が士官学校で同級生だったとは、驚いたね。これも不思議なめぐりあわせだ。現在の大庭君は、留学時代の早川大尉の後継者なのだ！」

私に一つの推察がある。

『戦争論』翻訳前史は、軍事に詳しい早川大尉と哲学に詳しい鷗外の共同作業。

『戦争論』翻訳本史は、軍事に詳しい大庭少佐と哲学に詳しい鷗外の共同作業。

クラウゼヴィッツ『戦争論』の翻訳は、大事業であった。


1901（明治34）年6月26日、「戦論の訳を停む」（『小倉日記』）

陸軍士官学校がフランス語訳『戦争論』をほぼ全文翻訳したということを耳にしたので、鷗外はここで中断したと言われている。

ドイツ語原文“Vom Kriege”の1、2巻だけが、鷗外訳『戦論』として全国各師団の参謀将校の手に渡っていた。

「大切なのは、事実に基づいて考えるべきである」

1899（明治32）年6月19日、山根武亮との対話から、鷗外によるクラウゼヴィッツ『戦争論』翻訳への動きが始まった。

鷗外は、途中から、講義を翻訳に切り替えている。

鷗外訳の『戦論』は、（明治34年6月26日、森林太郎識、第12師団司令部印刷）と記されている。

鷗外の訳文は小倉師団で印刷され、全国の各師団の参謀将校たちのテキストとなったのである。

1904（明治37）年の開戦時には、小倉の第12師団は1万8千の大部隊となった。実際に、日露開戦で一番先に飛びだしたのは第12師団であった。

大切なのは、事実に基づいて考えることである。

最大ポイントは、『戦争論』翻訳、それと鷗外小倉人事との関係である。

「小倉への配転人事の辞令を貰った時、鷗外本人は〝左遷人事だ！〟と怒ったが、実は〝日本陸軍軍人として働け〟という人事だったのではないのか？」

1. クラウゼヴィッツ『戦争論』は、古典的名著である。
2. ドイツ留学の参謀将校早川＝田村怡与造が、森鷗外翻訳を依頼した。
3. 鷗外の小倉時代、山根武亮が『戦争論』の講義・翻訳を勧めた。
4. 鷗外が翻訳した『戦争論』が、各師団将校たちに真剣に学ばれた。
5. その結果、120万のロシア軍に100万の日本軍が勝利した。

この流れが決定的である。

少数が多数に勝つには、『戦争論』の戦略・戦術が必要であった。

小倉時代の鷗外のクラウゼヴィッツ『戦争論』翻訳は、偶然だったのか、必然だったのか。陸軍史の流れで考えてみたい。


『大戦学理』に鷗外が書いた序言がある。書き抜いてみる。

「此訳本は予が陸軍中将井上光、陸軍少将山根武亮両閣下の嘱に依りて作りたるものなり。初め予の伯林《べるりん》に在るや故陸軍中将田村怡与造閣下予に此原本を講ぜんことを需めらる。予之に応じて巻一の過半を講ず。山根閣下当時亦伯林に在りて此顛末を知らる。是れ井上、山根両閣下の予に此訳本を作ることを嘱せられし所以なり。

予の之を訳するや原文の義を咀嚼して而る後国語を以て之を出し其際一字一句妄りに増減することなかりしは予の責任を帯びて厳命することを得る所なり。

予の此訳本を作るや陸軍歩兵少佐大庭景一君予の口述するところを筆記せられたり故に大場君は此訳本の成就に與りて力あるものなり」（『大戦学理巻一至

巻二訳本の来歴』明治36年10月29日、森林太郎識）

(5) 一戸《いちのへ》兵衛《ひょうえ》将軍の鷗外への書簡

北九州市立中央図書館の小林安司館長から、「『戦論』を読んだ一戸兵衛将軍から鷗外への書簡がありますよ」と、重要な事実を教えて頂いた。

「熊本在勤中閣下御訳述之戦論貴師団司令部員ヨリ割愛ヲ受ケ拝読仕居候処高妙之論旨凡眼解シ能ハサル点多々有之奉乞教度何時カ其機会モ可有之相楽居候続編ハ士官学校ニテ翻訳中之由速ニ出版アラン事ヲ祈居申候」（一戸兵衛将軍『鷗外宛書簡』明治34年8月3日付）

「私が熊本師団に勤務している時、鷗外閣下が翻訳された『戦論』を小倉の第12師団司令部員からもらって読んだが、難しい箇所が沢山ある。いつか教えて貰いたいと思っている。続編は陸軍士官学校で翻訳していると聞いている。早く合本して出版して欲しいと願っています」

このような手紙が、一戸将軍から寄せられていた。

当時、熊本第6師団から新設の金沢第9師団へ転勤した一戸兵衛将軍から送られた書簡である。

一戸兵衛将軍の「凡眼解シ能ハサル点多々有之」という言葉は、鷗外の訳文は哲学的な表現で理解しにくい箇所が幾つもあったという意味だが、半ば謙遜した表現である。

本心は「続編ハ士官学校ニテ翻訳中之由速ニ出版アラン事」にあった。

しかも、一戸兵衛将軍は日露戦争の旅順攻略戦で、ロシア軍の要塞の一つを占領し〈一戸砦〉と名付けたという大きな実績を残している。

「明治34年5月少将に進み、歩兵第6旅団長に補せられて金沢に赴任し、ここで在任3年ののち、この旅団を率いて、日露戦争に出征した。その第9師団は第3軍に属して旅順攻略に当たったが、旅順におけるかれ一戸は、まさに生ける軍神であった。武人一戸の真価は、ここに発揮され、武将たるの実を如実に示したが、なかにも燦然たる光彩を垂れたものは、一戸堡塁の奪取である」（松下芳男『日本軍閥の興亡』芙蓉書房、1975年）

一戸将軍の書簡を見ると、鷗外の『戦論』が各師団の司令部参謀たちの間で、熱心に読まれていたであろうことが想像される。

1903（明治36）年11月、鷗外訳（第1、2編）と陸軍士官学校訳（第3～8編）合本の『大戦学理』が各師団に教材として配布された。

日露戦争で、ロシア軍120万と、日本軍100万が満州の原野で激突した。少数が多数に勝つには、優れた戦略・戦術が必要であった。

参謀本部の鬼才田村怡与造は、東の『兵法孫子』、西の『戦争論』が必要だと考え、鷗外に翻訳させたのである。

Karl von Clausewitz,“Vom Kriege”全8巻のうち、鷗外が翻訳した最初の1、2巻は、原理的・哲学的部分であった。

後半の3～8巻は、陸軍士官学校がフランス語訳《La Theorie de la grande Guerre》から重訳したものである。

その両者が、フランス語訳のタイトル『大戦学理』で合本された。

鷗外は小倉人事を「左遷だ！」と叫んだが、小倉に来た直後の6月21日、山根武亮に時事を語られ、小倉在住2年10か月間の大半の2年間を『戦争論』翻訳に充てている。

日露戦争開戦へと世界が動いていたという事実と、「鷗外小倉は参謀本部の人事であった」という推察が、結びつくことになる。

鷗外の小倉人事は、日本近代史における重要な人事であった。迫りくる日露開戦へ向けての最重要人事だと言える。

鷗外が翻訳したクラウゼヴィッツの『戦争論』が、満州の戦場でどのように関わるかである。

鷗外が小倉時代2年間かけて翻訳した『戦論』が、クラウゼヴィッツ『戦争論』の第一巻、第二巻が1901（明治34）年6月26日、森林太郎識、石版刷で、非売品として出版され、全国各地の師団司令部に配本された。

その後、鷗外訳の第一巻、第二巻と、陸軍士官学校訳の後半部分をあわせた『大戦学理』が、1903（明治36）年に軍事教育会から出版された。

ドイツ語原文、Karl von Clausewitz, "Vom Kriege" の1、2巻だけが、鷗外訳『戦論』である。

〈第八章〉日露戦争、日本は何故勝てたのか？

(1)『戦争論』の神髄を掴んだ児玉源太郎

日露戦争は、どのように戦われたのか？　順を追って、辿ってみたい。

1904（明治37）年2月10日、日露戦争が始まった。

日露両軍の戦いは各地で激烈を極めていた。

戦場で一番大切なのは、如何にして全軍が一糸乱れず戦い抜くかである。

鷗外訳『戦論』は日本陸軍の理論武装のため全国各師団で熱心に研究された。

鷗外訳『戦論』を最も深く理解し実践し得たのは満州軍総参謀長児玉源太郎であった。

日露戦争全局の流れでは、日本軍はそれぞれの歯車が正しい時間に、正しい個所でかみ合う精巧な機械のように、整然と行動していた。

旅順攻略戦の現地に赴き、大胆な作戦を展開、見事に成功させた児玉源太郎総参謀長こそ、クラウゼヴィッツの『戦争論』の神髄をつかみ、日露戦争を勝利に導いた最大の功労者と言わねばならない。

日露戦争は、どのように戦われたのか？

日本軍はクラウゼヴィッツ戦術を巧みに活用したと言われている。

トク・ベルツ編『ベルツの日記』（明治37年8月30日）に、次のように書かれている。

「日本軍は26、7の両日、遼東の南方鞍山店付近で、最初正面より攻撃を加え、退路へ迂回してクロパトキン軍に大損害を与え、砲8門を分捕った。ロシア軍の戦法は不可解だ。従来もつねに迂回されていたのに、その教訓はすべて無駄になっている」

〈最初正面より攻撃を加え、退路へ迂回してクロパトキン軍に大損害を与え〉

これがクラウゼヴィッツの戦術である。

満州軍総司令部は、「8月末、旅順攻略せよ」と指令していた。

日露戦争勝利のカギは旅順攻略にかかっていた。

第3軍司令官乃木希典、参謀長伊地知幸介であったが、無謀な突撃命令を繰り返し無数の将兵を犠牲にしていた。

12月、総参謀長児玉源太郎が、事態の打開のため現地に乗り込んで来た。

敵陣の弱点である「203高地」を攻めるため、28センチ砲を据え付けろと命令した。

児玉は、現地の参謀たちを叱り上げた。

「24時間以内に、重砲の据え付けを完了せよ！」

児玉が怒鳴り上げたことで、28センチ砲18門が、24時間以内に203高地正面に据え付けられた。

援護射撃のなか突撃した日本軍は、12月5日、わずか2時間ほどで203高地を占領した。

翌朝早くから203高地の山越えに旅順要塞へ向けて、28センチの巨砲から1発217キロの砲弾が、2300発打ち込まれた。

旅順港内に停泊していたロシアの軍艦も、狙い撃ちで、4隻の戦艦、2隻の巡洋艦、その他十数隻の軍艦を撃沈・破壊した。

『ベルツの日記』（明治37年12月1日、東京、午前）の記事がある。

「午前、旅順の203高地が占領された。この高地から、旅順の港がすっかり見下ろされることになった」

1905（明治38）年1月1日、旅順のロシア軍は降伏した。

旅順要塞の陥落によって、その後の戦局が大きく変化した。

旅順攻略後、乃木軍は一路北上し、最後の決戦場、奉天へ駆けつけた。

(2) 奉天会戦はクラウゼヴィッツ戦法であった

日本軍では、満州軍総司令部と各師団とは、電信で繋がっていた。

『ベルツの日記』（明治37年10月15日）を引用する。

「電信は、日本側で極めて重要な役割を演じている。この電信によって、各兵団は司令部から指揮されているのだ。進出する部隊の直後には、いずれも、とがった竹竿と細い針金を携えた人馬が続く。一つの陣地を占めると、野戦電信も、直ちに用意ができる」

総司令部の命令が、各師団、各部隊に伝達される。

ロシア軍は武器・兵力で優っていたが、初歩的な指揮系統も乱れ、作戦面で劣っていた。

1905（明治38）年1月20日、大山巌総司令官は各軍司令官を集めて「この会戦が、日露戦争の関ヶ原というも不可ならん」と、訓示した。

奉天会戦は、日本軍25万人と、ロシア軍32万の最後の決戦となった。

両軍は東西200キロにわたって対峙した。

奉天会戦が始まった。

1905（明治38）年2月19日、まず最右翼の鴨緑江軍が山岳地帯を遠く迂回する陽動作戦を展開した。

これに呼応して、27日に中央の第1軍、第4軍が総攻撃を開始した。

第2軍は、その西に進軍した。

第3軍は密かに、最左翼の後方を迂回してロシア軍の背後へと向かった。

東西の翼がロシア軍の背後に回り込み、中央部の主力軍が正面から総攻撃という作戦であった。

3月1日、大山巌総司令官は、総攻撃を命じた。

日本軍は総司令部の命令が電信で下され、総攻撃が開始された。

日本軍の将校たちは『大戦学理』で理論武装されていた。

奉天の決戦は、田村怡与造の『歩兵操典』通りに、圧倒的な重火砲と機関銃火力が投入され、この強力な火力の掩護の下に戦われた一大会戦であった。

ロシア軍の左翼と戦った鴨緑江軍は、3倍のロシア軍を引き受けて戦った。

第3軍は手薄になった左翼を包むように前進した。

一週間、双方の砲撃が続いた。

日露両軍の数日間の白兵戦のあと、3月7日ロシア軍は退却を始めた。

3月9日正午、南から猛烈な蒙古風の砂嵐が巻き起こり、ロシア軍は総崩れとなり、退却を開始した。

『三国志』の「死せる孔明、生ける仲達を走らす」これが、日露戦争で再現された。つまり「死せる田村怡与造、生けるロシア軍を敗走させた」のである。

日本軍はこの時、すでに33万発の弾丸を撃ち尽くしていた。

10日午後9時、日本軍が奉天（現在の瀋陽）に入城し、戦いが終わった。最後の決戦である奉天会戦は、ロシア軍約32万人、日本軍約25万人の激突、その死傷者数は日本軍約7万人、ロシア軍約9万人であった。

(3) 少数が、何故勝てたのか？

勝因はクラウゼヴィッツの『戦争論』の活用である。

『文芸読本　森鷗外』（河出書房新社）、稲垣達郎『鷗外の〝純抵抗〟』の注釈箇所に、一つの証言が出ていた。

その全文を引用する。

「満州に於ける大戦闘に於いては、一の場合を除く外は、日本軍では、全くクラウゼヴィッツの精神、否な文字通り、それに依って行われた。然るに露軍では、戦前既に彼の書は老将ドラゴミロフの露訳があったにもかかわらず、全くそれを無視していた。日露戦争に日本が勝ったのはC．クラウゼヴィッツの『戦争論』の忠実巧妙な応用にあったからである。C．クラウゼヴィッツの『戦争論』を活用したのは日本だけである」（『極東における戦争中』「ロンドン・タイムズ軍事通信員」）

〈一の場合〉は、乃木第3軍の旅順攻略戦の無謀な戦いのことである。〈露軍が、全くそれを無視していた〉という意味は、ロシア軍の将校たちのほとんどが贅沢三昧の貴族階級出身であったことと関係があると思われる。

日露戦争に日本が勝てた理由は、幾つも考えられる。

陸軍では、総司令官大山巖、総参謀長児玉源太郎以下の各軍、各師団の将校たち、忠勇無比の将兵の精神力が、総合的に発揮された結果である。

海軍では、1905年5月27～28日の日本海海戦で、東郷平八郎司令長官率いる連合艦隊が、ロシアのバルチック艦隊に壊滅的な打撃を与え、大勝利したことである。

外交面では、1902年の日英同盟の成立がある。

さらには、明石元二郎《あかしもとじろう》が、日露戦争中は大佐として情報収集と後方攪乱に活躍していることも無視できない。

財政的には、イギリス・アメリカのユダヤ資本が、日本国債を大量に買い支えたといわれている。金子堅太郎が渡米し、ハーバード大学の同窓生であった米大統領と接触している事実も重要である。

ロシア側にも敗因がある。

ロシア国内に厭戦気分が充満し、各地に叛乱も発生していた。

満州派遣のロシア軍１２０万人の10％は、ポーランドからかき集められた兵士であった。

戦局の判断を間違えたというよりは、臆病風に見舞われた総司令官クロパトキン（１８４８～１９２５）が退却を命じたことである。

奉天会戦で敗北した直後、解任されている。

児玉源太郎は、戦局を正しく判断していた。

児玉は奉天会戦に勝利した後、すぐ手を打った。

3月28日帰国した。

「お前ら、何をボヤボヤしとる。火を付けたら消さにゃならんぞ。消すのが肝心というのに何もしとらんのは、バカの証拠じゃ」と怒鳴っている。

参謀本部の山県有朋、陸軍省の桂太郎らが、終戦工作を始めていないのに腹を立てていた。

(4) ネルーの言葉「独立の勇気を貰った」

ネルー(1889~1964)は、独立インドの初代首相である。

1921年に投獄されてから、45年に最終的に釈放されるまで、計9回、通算10年間獄中生活を送った。

獄中から娘のインディラにあてた手紙が、有名な『父が子に語る世界歴史』である。

その中に「日露戦争で、日本がロシアに勝った。アジアがヨーロッパに初めて勝ったのである。これで我々はインドが独立できるという勇気を貰った」という一節がある。

トルコでは、男の子が生まれると「トーゴー」と名付けた。フィンランドでは、「トーゴー」というビールが造られた。

20世紀初頭、東アジアの小国日本が、ヨーロッパの大国ロシアと戦って勝利したことは、世界中を驚かせた大事件であった。

日露戦争で日本が勝利したことは、ネルーの名言「アジアがヨーロッパに勝った」の通りであり、植民地時代終了の幕開けであった。

１９０５年、孫文（１８６６〜１９２５）が東京で「中国革命同盟会」を結成し〈三民主義〉を発表している。

当時、明治維新後、近代化を急速に進めていた日本に憧れ、数千人の中国人留学生の辮髪姿が東京の町中で見受けられていた。

〈終章〉『鷗外』誌、31号に掲載

(1) 小倉城横の月見楼で報告

いよいよ6月19日、私の「森鷗外、小倉時代、「戦論」翻訳について」の発表である。

主催は小倉郷土会、場所は小倉城外の月見楼、3000円会費の宴会の冒頭に話をすることになった。

私はメッケル『独逸基本戦術』を手に持って、話を始めた。

「この本は、日清戦争の時に活用された戦術のテキストです。日本軍勝利に役立ったと言われています」

続いて、クラウゼヴィッツの『戦争論』は、岩波文庫本で説明した。

「鷗外小倉の人事は、参謀本部の田村怡与造が考えたのだと、私は思っています。その理由は、300万のロシア軍と戦った、日露戦争です。シベリア鉄道で満州の地に送られてきたロシア兵は120万人です。日本軍は、補充兵まで動員して100万人でした。少数が多数に勝つには、戦略・戦術しかありません」

当日、私が話したのは、〈鷗外小倉は参謀本部の人事〉という新説だった。

【ドイツ留学時代、早川大尉が鷗外の宿で、『戦争論』を読み始めたが、1888年帰国後、早川は田村の旧姓に戻り、参謀将校となった。日清戦争後、《戦後10年計画》で第12師団が設置され、鷗外が配属された。鷗外小倉は左遷人事でなく、参謀本部の田村怡与造が考えた人事である】

「この『戦争論』が、日露戦争の勝利に大いに役立ったのです。鷗外の翻訳の仕事が行われたのは、今から80年前です。すぐ近くの鍛冶町鷗外旧居なのです。鷗外の翻訳は、全国の師団の参謀将校に送られ研究されました」

少数の日本軍25万人が、多数のロシア軍32万人に勝った〈奉天会戦〉を例にして、小倉で鷗外が果たした役割の大きさ、クラウゼヴィッツ『戦争論』の戦術の素晴らしさを説明した。

松本清張（1909～1992）の『或る「小倉日記」伝』は有名で、『点と線』もベストセラーであった。

「松本清張は小倉の清水小学校の出身ですが、私の23学年上の大先輩です。彼ならば、この『戦争論』翻訳の謎を、どのように説いたでしょうか？」

この言葉で、私は話を結んだ。

話の後は酒宴であったが、参会の皆さんは、松本清張のスリラー小説のファンばかりであった。

「松本清張のような、推理もあって面白かった」

杯を交わしながら、お世辞で、笑い話となった。

「ところであなたは、戦地は何処でしたか？」

「えっ！　私は終戦の時、中学1年生だから、戦争に行っていません」

満場、笑いの渦だった。

(2) 発表内容を『鷗外』誌に送った

4月5日に、米津三郎さんに依頼され、〈鷗外や陸軍史に無知な私〉が、迷い、悩みながら考えたことを、6月19日に体験談として語った。

発表の翌日、私に九州酸素協会の事務所の応接室で、米津三郎さんの話があった。米津三郎さんに皆さんの反応をうかがった。

「鷗外は小倉在任中、軍務に励んでいる。しかし、常に東京に帰りたいという気持ちを持っていた。君の、参謀本部人事という見解は〈試論〉として、発表すれば、何か面白くなりそうですね」

さらに、大切な助言が続いた。

「劉寒吉さんとも話して、君の〈新説〉は全国的な発表の場『鷗外』誌に出すようにしたいと思っている。母への手紙の中にある〈危急存亡の秋〉は、個人的なことで使われる言葉ではない。君の発表の通りだ」

嬉しいお言葉であった。

「有難うございます」

「小林安司館長も、君が哲学に着目しているのが良いと言っておられた」

発表準備で、私には新しく知り得たことが沢山あった。

「嬉しいですね。鷗外の『独逸日記』にしばしば登場する井上哲次郎巽軒は、福岡太宰府の出身で、ドイツから帰国後、日本人の大学哲学教授第一号で、哲学会の大御所となった方でした。調べて、こうしたことも分かってきました」

米津さんも、頷いておられた。

「鷗外の哲学の先生が、太宰府出身の井上哲次郎だ。君は大学卒業後、まだフランス語・ドイツ語も読める。大したものだ」

「いえ、いえ。辞書を引き引き読んだだけですよ」

「でも、それで良い。読めるから役に立つ。鷗外文学者の意見は、鷗外自身が左遷されたと言っているから左遷説だが、劉寒吉さんは〈面白いので、東京に原稿をまとめて送って貰おう〉と、言われていた」

そこで、私は急きょ当日の報告内容書を原稿用紙にまとめることにした。

(3)『鷗外』誌31号に全文掲載された

1981年4月5日、突然「鷗外を語れ！」の課題が与えられた。発表は、二か月後の6月19日（森鷗外が小倉に来た記念日）であった。

二か月間の研究の成果は〝新説〟であった。その要点は次の通りである。

「鷗外が小倉に来たのは菅原道真の大宰府左遷とは違う。彼は第12師団の軍医部長（少将格）に昇進して小倉に赴任している。鷗外が小倉で『戦争論』を翻訳したことが重要である。〈鷗外小倉は日露戦争前夜である。〉クラウゼヴィッツの『戦争論』を翻訳させるための参謀本部人事だった」

1981年6月19日に小倉城横の月見楼で報告した〝新説〟を400字×50枚にまとめて、東京の鷗外記念会に郵送した。

それが『鷗外』誌31号に、全文そのまま掲載された。

長谷川泉理事長が、当時の石井説に賛成して採用したのである。

この報告は『森鷗外の小倉時代―「戦論」翻訳をめぐって―』、森鷗外記念会の機関誌『鷗外』（昭和57年7月）31号に掲載されている。

鷗外記念会の長谷川泉理事長から、手紙が来た。

「私は左遷説を捨てた。東京に来たら連絡して欲しい。君と話をしたいから」

1982（昭和57）年の夏休み、鷗外記念会の事務所で面談が実現した。

実は、私は前年『文芸用語の基礎知識』編集・長谷川泉（学習院大学講師）を読んで、不思議に思っていた。

長谷川泉講師が、各大学の教授・助教授・講師97名に分担執筆させている。私の頭の中の教授→助教授→講師→学生というピラミッドの逆である。

この疑問は尋ねづらかったので、私は質問を変えた。

「ところでお尋ねですが、先生は東京大学文学部なのに、なぜ医学書院なのですか？」

「実は、医学書院から〈君は東京大学新聞の編集をしているが、医学書院に来て医学雑誌の編集をしてほしい〉と頼まれたのだ」

分厚い医学専門書は、あまり売れない。ところが、内科・外科など各種の『医学雑誌』を作ると飛ぶように売れ、医学書院の財政状況が大きく好転した。雑誌の総編集長から、現在は社長となったということのようだった。

「それで分かりました」

私は長谷川泉文学博士の限りない力量を、深く納得できた。

(4) 再び、体験談を発表する

長谷川泉理事長が亡くなられた後、〈新説〉は無視されるようになっている。最近発行された『森鷗外事典』(新曜社、2020年1月)には、次のように書かれている。

「鷗外は明治32(1899)年6月8日陸軍軍医監に任じられ、九州小倉第12師団軍医部長に任命された。これをいわゆる左遷とうけとめて、鷗外は身の進退まで考える危機に陥るが、賀古鶴所や親族の反対で思いとどまり、小倉に赴任することになる。この間の体験は将来の鷗外を形成するうえで極めて重要な体験となった。…実際問題としてこの転任がいわゆる左遷であったかどうかは、議論の多いところだが、鷗外の心にはそうとしか思われなかったという点が重要だろう」(清水孝純)

現在発行の『百科事典』を可能な限り調べてみたが、すべて「鷗外は小倉に左遷された」と記していた。

そこで再び、「1981年の〝新説〟＝体験談」を発表することにしたのである。

理論的研究は、既に森鷗外記念会の機関誌『鷗外』（昭和57年7月）31号に『森鷗外の小倉時代―「戦論」翻訳をめぐって―』として掲載されている。

当時、ある程度、議論はされたが、突き詰めた議論はされなかった。

今回、文芸社から発行の『森鷗外小倉左遷の〝謎〟』は、一般国民が読者対象である。

バイロンに「事実は小説より奇なり」という名言がある。

1981年当時、私は「森鷗外」、「明治日本陸軍史」などに、文字通り全く無知であった。

その年の4月5日から6月19日の2か月間は、私にとって驚きと発見の日々であった。そのときの体験談が、そのまま本書となっている。

問題は、鷗外の小倉時代を全体として捉え、どのように考え、結論付けるかである。

鷗外は一日も早く、東京へ帰り文学活動を活発にやりたかった。それは、事実である。それと同時に、別の事実もある。

鷗外が小倉の第12師団軍医部長として活動していたという事実もある。

すべての事実を総合的に比較して、その中の絶対的に重要な事実を見つけねばならない。

それは、〈鷗外が小倉で過ごした2年10か月のうち、2年間、クラウゼヴィッツの『戦争論』翻訳を進め、発行した『戦論』が日露戦争の重要な勝因となった〉という事実である。

日露戦争は、日本国家の存亡をかけた大戦争だった。

『兵法孫子』に「兵者国之大事。死生之地、存亡之道也。不可不察也」とある。「戦争は国家の重大事、存亡がかかっている。深く考えねばならない」という意味である。

鷗外は小倉で2年間、クラウゼヴィッツ『戦争論』翻訳に真剣に取り組んでいる。

この事実は、個人的なことではない、国家的に最重要な事実である。

本書は「個人的な感情でなく、国家的・国際的な立場から鷗外小倉の人事を考えるべきではないか」という問題提起である。

〈あとがき〉

本書『森鷗外小倉左遷の〝謎〟』の由来を考えてみました。

1981年4月5日に先輩の米津三郎さんから「鷗外を語れ！」と指示され走り出した私自身の体験談です。

6月19日に発表なので、準備期間は2か月しかありません。

夏目漱石の『吾輩は猫である』は読んでいましたが、森鷗外の『舞姫』は読んでいませんでした。出発時点の私は、鷗外について文字通り〈無知〉でした。

〈小倉時代、鷗外『戦争論』翻訳は何故なのか？〉をテーマにしました。

頼りになるのは、書店であり、図書館です。

早速、書店に走り購入した『文芸読本　森鷗外』と『鷗外選集』（第21巻『独逸日記』『小倉日記』）2冊が、最後まで私を助けてくれたのです。

次に助けてくれたのは、北九州市立中央図書館の『百科事典』、さらに九州工業大学図書館、九州大学図書館の蔵書でした。

鷗外が『戦争論』翻訳に携わった流れが『日記』に記録されていました。

『独逸日記』「明治21年1月18日、夜早川来る」

『小倉日記』「明治32年6月21日、大雨。山根武亮来り—時事を談ず」

「明治34年6月26日、戦論の訳を停む」

〈鷗外は、何故『戦争論』を翻訳したのか？〉を調べていくうちに、この謎解きには〈日清戦争、〝戦後10年計画〟、日露戦争〉という時代背景が決定的だということが分かってきました。

中学校社会科教師の私は「日清戦争や日露戦争を覚えておけ！」と教えていただけで、具体的なことは何も語れなかったダメ教師でした。

〝戦後10年計画〟があったなど、全く知りませんでした。

鷗外の小倉時代は、〝戦後10年計画〟の真っ最中だったのです。

当時、日本はロシア帝国の南下政策の危険にさらされていました。

国難を懸けた非常時に、鷗外は『戦争論』を翻訳したのです。

世界一の大陸軍国ロシアと東洋の弱小国日本との戦争、日本が勝てると予想した国は皆無でした。

世界の予想に反して、少数の日本軍が多数のロシア軍に勝てたのは、クラウゼヴィッツの『戦争論』を活用したからでした。

鷗外が小倉時代に為した最大の業績は、『戦争論』翻訳だったのです。「アジアが初めてヨーロッパに勝った。インドが独立する勇気を貰った」というネルーの言葉が全てを、見事に締めくくっています。『戦争論』を鷗外が翻訳したことが、帝国主義時代から植民地独立時代への第一歩となったのです。

これが、本書〈謎解き物語〉の結論なのです。

本書は、小倉記念病院長永田泉様、さらに日本磁力選鉱（株）会長原田光久様など北九州森鷗外記念会の皆様に多くの助言を頂いています。また、文芸社の企画・編集に携われた方々のお力添えに、心からの感謝を捧げます。

２０２２（令和４）年４月吉日
石井郁男

著者プロフィール

石井 郁男（いしい いくお）

1932年、北九州市小倉生まれ。

1955年、九州大学教育学部卒業。小・中・高・大学で65年間、教師生活。主な著書は、以下の通りである。

1986年、『中学生の勉強法』（子どもの未来社）

1990年、『小倉藩・白黒騒動』（荒木書店）

1992年、『これならわかる日本の歴史Q＆A』（大月書店）

1995年、『教師修業四十年　勉強術の探求』（日本書籍）

1996年、『伸びる子には秘密がある』（学習研究社）

2009年、『森鷗外と「戦争論」』（芙蓉書房）

2016年、『はじめての哲学』（あすなろ書房）

2019年、『カントの生涯』（水曜社）

2022年、『消された名参謀・田村将軍の真実』（水曜社）

森鷗外小倉左遷の〝謎〟

2022年4月15日　初版第1刷発行

2023年12月10日　初版第3刷発行

著　者　石井 郁男

発行者　瓜谷 綱延

発行所　株式会社文芸社

〒160-0022　東京都新宿区新宿1－10－1

電話　03-5369-3060（代表）

03-5369-2299（販売）

印　刷　株式会社文芸社

製本所　株式会社MOTOMURA

ISBN978-4-286-23474-8